왼손에 떨어진 달빛

月　光　落　在　左　手　上

왼손에 떨어진 달빛

月 光 落 在 左 手 上

위슈화 지음

한율 옮김

교유서가

○
목
차

제2장

제 3 장

제4장

나를 아프게 하는 시

_선루이

어젯밤 잠들기 전에 친구가 메신저로 공유한 글을 보았다. 〈시간〉 잡지가 추천하는 시인에 대한 글이었는데, 제목은 「휘청거리는 인생—어느 뇌성마비 환자의 시」였다. 불편한 제목이 눈을 자극했다. 시와 뇌성마비 사이에 어떤 관계가 있는지 궁금해하며 사진을 보니, 한 여성이 들판에 서 있었다. 의연한 표정에 꽃꽃한 자세 뒤로, 황금빛 유채꽃이 피어 있는 들판과 푸른 논밭이 펼쳐져 있고, 가늘고 여린 나무에는 이파리들이 무성했다. 녹황색 후드티에 검정 미니스커트를 입은 이 여성은 상당히 젊고 매력적으로 보였고, 시인과 배경이 조화를 이루며 그녀의 일상을 시사했다.

이어서 시를 읽어내려갔다.

사랑해

꾸역꾸역 살고 있어

물을 길어 오고 밥을 짓고

시간에 맞춰 약도 먹지

햇살 좋은 날이면

나를 밖에 널어두기도 해

진피* 말리듯

차는 번갈아 마셔

국화, 재스민, 장미, 레몬

이 이쁜 것들이 자꾸만 나를

봄으로 데려가는 것 같아

나는 몇 번이고 몸안의 눈을 눌러담아

너무 하얗고 너무 봄과 가까우니까

깨끗한 뜰에서 너의 시를 읽어봐

세상사는 불현듯 날아 스치는 참새 같은데

세월은 투명하기만 하지

애간장을 태우는 일은 내게 어울리지 않아

책을 부친다면 시집 대신

식물이나 농작물 책을 보낼 거야

알려주고 싶어

벼와 피**가 어떻게 다른지를

---

* 한약재로 쓰이는, 채 썰어 말린 귤껍질. 말리는 과정에서 형태가 변형되는 특징이 있으며, 이 시에서는 장애를 가진 신체를 진피에 비유했다.

** 피는 벼와 닮았으나 제거해야만 하는 잡초의 일종으로, 이 시에서는 장애인이 비정상인으로 취급되는 사회 현실을 꼬집었다.

그리고
피 한 포기의 조마조마한 봄날을

이렇게 청순하고 소심하고 아름다운 사랑시라니! 나는 큰 충격을 받았다. 계속 읽어내려갔고, 모두 열 편의 시를 읽었다. 처음 읽었을 때 느낌은 '천재다!'였다. 하늘에서 내려준 신비로운 시인이 우리 앞에 있었다. 그녀의 시는 정말 좋았다. 다시 한번, 한 글자 한 글자 읽어보았다. 그러고는 침대에서 똑바로 일어나 앉아, 바로 그녀의 시를 메신저로 친구들에게 공유하고, "이게 진정한 시야!"라고 남겼다.

나는 아픔으로 세상을 기쁘게 해

내 몸을 알아차렸을 때,
그것은 이미 늙어 있었고
되돌릴 힘은 없었다
위, 팔, 다리, 손가락
통증이 여기저기 들락거린다

살면서 온갖 악행만 저질러온 건 아닌지
피어난 꽃들에게 모진 말을 내뱉고

어두운 밤에만 현혹되어
아침을 외면해온 건 아닌지
의심하지 않을 수가 없다

다행히도 어떤 아픔은 생략할 수 있다
버림받는 것
혼자 남겨지는 것
기나긴 쓸쓸함과 마주하는 것

말하기조차 부끄럽다
그것들에 대한 내 사랑이 정말로
한없이 부족했던 건 아닐까

시란 무엇인가? 어떻게 시를 쓰면 좋은가? 위슈화는 열 편의 시 뒤에 짧은 자기소개를 하고 이 질문에 답을 했다. "시를 쓸 때, 나는 무엇을 어떻게 써야 할지 전혀 생각한 적이 없다. 개인의 삶에 급급할 때, 나는 나라와 인류에 대해서는 관심이 없다. 언젠가 그런 내용을 썼다면 분명 그것들이 나를 감동시켰거나 따뜻하게 해주었거나 정말 슬프게 하고 걱정하게 했기 때문이다."

나는 그녀의 시를 여러 번 읽으며 언어의 힘과 감정의 깊이를 체험했다. 그녀에 대해 더 알고 싶어 인터넷을 검색했고, 그녀의 블로그를 찾아냈다. 블로그에는 시만 가득 올라와 있었다. 나는 읽기 시작했고 멈출 수가 없었다. 마치 울긋불긋한 가을 숲에 들어간 것처럼, 모든 이파리가 좋은 시였고, 모든 것이 삶의 무게를 담아 빛나는 언어로 반짝이고 있었다. 눈앞이 아찔하고, 마음이 칼로 베이듯 아파오고, 심장이 피를 뚝뚝 흘리고 있는 기분이었다—시의 칼날로 잔인하게 도려지는 것처럼.

나는 한 편씩 계속 읽어내려갔고, 더이상 잠을 이루지 못했다. 나는 위슈화의 시—그녀의 영원한 주제인 사랑, 가족애, 인생의 험난함과 깨달음, 삶의 순간의 의미 등—에 감동과 충격을 받았다. 지치도록 계속 읽은 뒤, 인터넷에서 그녀의 소식을 찾아보았다. 그녀에 대한 보도가 두어 개 보였고 모두 한 달 전에 올라온 것이었다. 지난 달에 그녀는 베이징을 방문해 중국인민대학에서 시낭송을 했고, 그래서 사람들이 그녀에게 관심을 가지기 시작하는 듯했다.

나는 위슈화가 중국의 에밀리 디킨슨이라고 생각한다. 기발한 상상력, 언어의 충격적인 힘. 대부분의 중국 시인들과 비교했을 때, 그녀의 시는 순수한 시이고, 생명시이다. 화려하게 장식된 거실이 아니다. 그녀의 시는 언어의 별똥별이어서 그 빛이 눈을 번쩍 뜨이게 하고 감정의 깊이가 정통으로 가슴을 때려 마음을 아프게 한다. 〈시간〉의 편집자 류넌 선생은 그녀의 시를 이렇게 평가했다.

그녀의 시를 중국 여성 시인들의 시 속에 넣어두면 마치 대갓집 규수들 속에 끼어 있는 살인범처럼 눈에 확 띈다. 의복을 곱게 차려입고 화장을 하고 향수를 뿌린 다른 시인들의 반듯한 백지 위 글자들 속에서는 한 오리 땀냄새도 맡을 수 없다. 불에 타고 연기에 그을리며 흙모래를 뒤집어쓴 채 광풍 속에 떠밀려 내려가면서 시를 쓰는 그녀만이 눈에 들어온다. 글자와 글자 사이는 선명한 핏자국으로 얼룩져 있다.

나는 "핏자국으로 얼룩져 있다"란 평가에는 동의하지 않지만 위슈화의 시는 구구절절 언어의 예술과 언어의 힘, 그리고 감정의 깊이로 독자의 마음을 아프게 찌르는 시임은 분명해 보였다.

나에게 있어, 나를 감동시키지 못하는 시는 좋은 시가 아니다. 좋은 시의 근본적인 특징은 내가 읽을 때 몸이 아프다는 것이다. 아름답고 찬란한 언어나 진실된 감정의 깊이 때문이다. 무엇을 썼는지는 중요하지 않다. 위슈화는 태어날 때 의사의 실수로 뇌의 일부가 마비되고, 몸이 장애를 입었지만 그녀의 정신은 높은 곳에서 나부끼고 있다. 나는 "뇌성마비 시인"이라는 타이틀에 동의하지 않는다. 만약 그렇다면, 우리는 어떤 질병을 가진 시인을 "고혈압 시인"이라고 부를 수 있을까? 위슈화를 소개하는 방식은 장애를 가진 사람에 대한 기본적인 존중과 이해가 부족한 현실을 반영한다.

위슈화의 시는 절대로 가식적으로 꾸며진 것이 아니다. 오늘 나는 미자루 교수가 편집한 『사해위시四海为诗: 미국계 중국인 디아스포라 시선집』을 받았다. 여기에는 나의 시도 수록되어 있다. 내 시를 읽어보니, 위슈화의 시보다 훨씬 못하다. 갑자기 부끄러워졌다. 이런 시를 세상에 내놓다니? 그런데 중국 현대시를 읽다보면, 적어도 나의 시는 아직 진실한 감정이 담겨 있다고 생각된다. 내가 쓴 시는 다 진심이었으나, 많은 시인들은 가짜 감정을 쓴다. 이 세상에는 자신을 시인으로 가장하는 사람들이 많다. 그들은 왜 시인인 척을 하는지 모르겠다. 언어를 불필요하게 만들고, 관련이 없는 것들을 함께 집어넣고, 감정이나 언어적 논리가 전혀 없는데도 그것이 시라고 생각한다.

역시 위슈화의 시를 읽자.

노래하듯 2014년에 작별을 고한 시이다.

잘 있어, 나의 2014

타향에서의 포옹처럼
잘 있어, 나의 2014

타향에서의 마지막 작별처럼
잘 있어, 나의 2014

굼뜨고 다정한 나는
항상 무리 속에서 뒤처지는 낙오자
그들이 손을 흔들 때
나는 아직 낭비할 시간이 있다고 생각했다

아직 헤프게 쓸 시간이 아주 많다고 생각했다
2014년은 한 그루의 소박한 메타세쿼이아처럼
까치들과 햇빛으로 가득했다

나무와 많은 사람들에게 작별을 고하니
다시 만날 날 없음을 끝내 알게 되었다
하늘이 너의 평안함을 지켜주길 기도하지만

나는 과연 고향으로 돌아갈 수 있을까
고향이 없는 사람은 다음 봄날을 품어볼 수밖에

봄날은 머지 않았다
오는 봄엔, 더이상 다정한 언니를 만날 수 없겠지만

내게 깊은 상처를 준 사람들에게 고맙다
내게도 고맙다

많은 인연에도 잃지 않는 내 순수함에

선루이沈睿: 페미니즘 사상과 중국여성문학을 연구하는 학자이다. 미국 오리
건대학교 비교문학 박사이며, 현재 미국 모어하우스 칼리지 교수이자 중국
연구프로젝트 책임자이다. 저서로는 에세이집 『로맨틱한 척假装浪漫』(2009)
『황무지 위의 발레荒原上的芭蕾』(2011)『더 나은 세상을 상상하다想象更美好
的世界』(2012)『한 여자가 여자를 보다一个女人看女人』(2015) 등이 있다.

제1장

○
○

사랑해

○
○

꾸역꾸역 살고 있어
물을 길어 오고 밥을 짓고
시간에 맞춰 약도 먹지
햇살 좋은 날이면
나를 밖에 널어두기도 해
진피 말리듯
차는 번갈아 마셔
국화, 재스민, 장미, 레몬
이 이쁜 것들이 자꾸만 나를
봄으로 데려가는 것 같아
나는 몇 번이고 몸안의 눈을 눌러담아
너무 하얗고 너무 봄과 가까우니까

깨끗한 뜰에서 너의 시를 읽어봐
세상사는 불현듯 날아 스치는 참새 같은데
세월은 투명하기만 하지
애간장을 태우는 일은 내게 어울리지 않아

책을 부친다면 시집 대신
식물이나 농작물 책을 보낼 거야
알려주고 싶어
벼와 피가 어떻게 다른지를

그리고
피 한 포기의 조마조마한 봄날을

강아지 이름은 무당이

○
○

다리를 절룩거리며 마당을 나서자
무당이가 따라나섰다
우리는 채소밭을 지나 논둑을 넘어
북쪽의 외갓집으로 갔다

내가 넘어져 도랑에 빠지자 꼬리를 흔드는 무당이
손을 뻗자 손등의 피를 깨끗이 핥는다

그가 술에 취해 말했다: 베이징에 여자가 있다고
나보다 예쁜 여자
살길이 막막할 때는 춤추러 간다고 했다
춤추는 여자를 좋아한다고
엉덩이를 흔들며 춤추는 모습이 보기 좋다고
침대에서의 신음소리가 듣기 좋다고도 했다
아무 소리 없는 나와는 다르다고 했다
그것도 항상 얼굴을 가리는 나와는

나는 아무 소리 없이 밥을 먹는다
"무당아, 무당아" 부르며 고깃덩어리를 던져준다
무당이는 꼬리를 흔들며 즐겁게 짖는다

그가 내 머리채를 잡아당겨 벽에 찧을 때
무당이는 계속 꼬리를 흔들고 있다
아픔을 두려워하지 않는 사람을
그도 어찌할 도리가 없다

우리는 외할머니 집 뒤로 걸어갔다
그제서야 깨닫는다
그녀는 오래전에 죽고 없다는 사실을

허공을 향해 손 흔드는 사람

○
○

물고기 밥을 주고 나니 남풍이 거세게 불어왔다
송이송이 푸른 뭉치들이 바람에 실려 날아왔다
그녀는 잠시 물고기들을 바라본다
그들은 물속에서 날뛰며 서로 뒤엉킨다
물고기가 물고기를 뒤집고
파도가 파도를 삼킨다
만약 인간 세상의 일이라면 얼마나 큰 소동일까
만약 사랑하다 벌어진 일이라면 얼마나 큰 절망일까
구름 한 조각이 물속에 떨어졌고
물고기가 삼켜버렸다

마치 몸에 내려앉은 슬픔을 그녀가 들이마셨듯이
아니면 거센 남풍에 슬픔이 가로막혔듯이
물고기를 먹이고 나니
석양도 천천히 빛을 거두었다
바람은 그녀의 치마를 높이 들어올렸다

마치 활짝 핀 한 떨기 청춘처럼
언제라도 사그라질 듯이

갑자기, 그녀는 손을 들어
허공을 향해 흔들었다
계속해서 흔들었다
나무가 그녀를 가려버릴 때까지

오후, 넘어지다

○
○

대바구니를 들고 논두렁을 건너다가
넘어지고 말았다
한가득 담긴 풀도 함께 엎질러졌다
당연히, 낫도 함께 뒹굴었다
신발은 가시덤불에 걸렸고
하얀 실크스카프도 나부꼈다
손을 다칠 때를 대비해 항상 몸에 지녔던
하얀 실크스카프
십 년이 지났는데 여전히 저렇게 하얗다니
하얀 실크스카프를 준 사람은 어디로 갔을까
논두렁에서 넘어지며 떠올린 사람아
눈을 떠보니
구름은 끝없이 하얗고
흩어진 풀은 끝없이 푸르렀다

이른아침, 개가 짖는다

○
○

손님은 아직 멀리 있고
이슬이 비틀거리며 떨어지는 언저리에
녀석은 당장 무언가를 토해낼 듯
어젯밤 훔쳐온 달빛을 내다팔려고 서두른다
아직 흩어지지 않은 물안개 속에서
태양의 위치를 찾아내려는
먼지투성이 개 한 마리

손님은 아직 멀리 있는데
마당에는 두텁게 쌓인 낙엽과 길 잃은 나비 한 마리
개는 집 뒤에서 짖어대더니
짖으면서 물러간다
귀신이라도 본 걸까 아니면
거꾸로 매달린 제 그림자에 놀랐나

얼마나 많은 날들을 박주*에 취해 있었던가
그때마다 녀석은 고개를 갸웃하고 바라본다
내가 발길질한다: 야, 이 망할 자식!

---

* 薄酒: 맛이 좋지 않은 술.

마주보며

○
○

이제 남은 건 나와 그뿐
많은 사람이 중도에 흩어졌다
양떼가 황혼의 목장에 도착하자
바람도 잠잠해졌다
시름 가득 내 치맛자락은 처져서 펄럭댄다
아니, 꼭 물어야 할 말이 있다
봐라, 이제 남은 건 나와 그뿐

너는 나를 고발한 적이 있었지:
내가 한밤중에 네 장미를 훔쳤다고 말이야
말 한 마리의 순결을 우물에 처박아버렸다고
오, 무너진 너의 성벽엔 내 발자국이 찍혔다며?
네가 심장을 금궤에 숨기지 않았더라면
몸이 온전하게 남아나지 못했을 거라며?

말해봐, 내가 그 여적女匪이 맞는지
내가 너를 납치했었다고?

네가 목마를 때 내 피를 바칠 생각을 하지 않은 적이
있었던가?

그런데 이것들로 황폐해진 내 청춘은 누가 보상할 건
데?

어서 말해보라고!

그는 말이 없다

고개를 돌리고 입을 다물어버렸다

내 몸안에 열차가 있다

○
○

하지만, 보여줄 생각은 없다
비밀이 있는 건 아니다
달이 백번 둥글어져도
내 마음은 꿈쩍하지 않는다
달이 일으킨 경적소리는
내 몸으로 묻어버린다
하지만 열차에 오르고 내리는 사람들과
창밖으로 던져지는 과일껍질과 손수건들
이것들을 두고 사람들은 봄의 물건이라고들 한다

이것들의 목적지는 머무름이 아니라 경과라고들 한다
맑은 바람 속 이슬이 멍하니 있는 작은 평원 위
나즈막한 초갓집 굴뚝엔 밥 짓는 연기가 비틀비틀
빛을 등지고 앉아 고개 숙인 소년의 얼굴엔
눈물이 채 마르지 않았다
손에 들린 꽃송이가 눈을 동그랗게 뜨고
소년을 바라본다

내 안의 열차는 벗겨진 칠로 얼룩졌다

당황하거나 서두르지 않으며

술주정뱅이와 거지와 광대, 그리고 지도자까지 오르내리도록 허락한다

내 안의 열차는 한 번도 탈선한 적이 없기에

큰눈과 폭풍과 산사태, 그리고 모든 부조리까지도 허락한다

내 방에 남자가 있었다

○
○

바닥에 나뒹구는 담배꽁초 두 개
담배 냄새는 아직 가시지 않았다
높은 의자에 걸터앉은 그는
다리를 꼬고 무심하게 무술 경기를 보고 있었다

그때 나는 방문 가에 앉아 구름을 보며 책을 읽었다
그의 뒷통수를 바라보았다
그의 머리카락은 수십 년 동안 무성했고
마녀 하나를 숨길 정도로 빽빽했다
그 뒷통수를 바라보며 책도 읽고, 구름 구경도 했다

돈키호테가 황산에 들어가
편지를 써서 산초를 시켜 둘시네아에게 보낸다
그리고 옷통을 벗고 큰 돌을 쥐어박는다

무술 경기가 끝나고
남자가 일어나서 작별인사를 했다

두 개의 담배꽁초가 반만 피워진 채 버려졌다
나도 모르게
마음이 싸늘해졌다

거울과 마주치다

○
○

타이어 하나가 찌그러진 자동차처럼
몸이 기울어졌다
언제든 교통사고를 일으킬 수 있기에
항상 대비책이 마련되어야 한다
장황한 진술, 증언 그리고 이후에 필요한 물과 영양

―이것들은 나를 탈진하게 만들고
탈진은 또 망각을 불러온다
또다른 사고도 머지 않았다

입도 비뚤어졌다!
정말 사람을 불쾌하게 한다
말도 키스도 단정하게 할 수가 없다
어떤 사람은 키스한 부위가 틀렸다고 한다
내 입술은 번들거리는 이마를 좋아한다
고지는 높아서 천둥과 번개를 쉽게 부른다
언제 어떻게 당신에게 한 방 내갈길지 모른다

이 거울만 없다면 세상은 공정할 것이다
다시 말해 그 사람이 없으면 세상은 공정하다는 것
그를 만난 이후 거울 앞에서 내내 서성이던 나
바보처럼, 발작한 환자처럼
끊임없이 들이받았다
자신이 어디에서 죽었는지 알면서도
검시檢屍 보고서를 쓰려 하지 않는다

관계

○
○

헝뎬!*
항상 내 낱말들의 푹 꺼진 바닥에 누워 있다
물과 달빛과 흙의 모습으로
사랑과 배신은 평생 서로를 괴롭혔다
나는 자신에게 절도와 도주를 허락했다
다시 눈물범벅이 되어 돌아와서는
내 장애를 묻고 파내고 다시 사당에 갖다바친다
그리고 길 한복판에 올려놓고
채찍질과 짓밟힘을 자청한다

그 밖의 세월은 맑고 가냘프다
가끔 차량들이 던져놓고 가버리는 시간과
출생, 죽음, 전염병
그리고 자질구레한 모임

---

* 헝뎬은 시인이 태어나고 자란 고향이다.

물밑에 누워 있을 때는
아무 소리도 들리지 않는다
깊은 밤이 열릴 때면
내 몸은 온갖 소리로 가득차지만
비는 내리지 않는다

묘지는 봐둔 지 오래건만
아직 묘비는 쓰지 못했다
이 흐리멍텅한 삶을 사는 내가
어떻게 형뎬과의 관계를 단정지을 수 있단 말인가

뒷산의 황혼

○
○

지는 햇살은 따뜻하다
언덕 위에 앉아 내려다보면 강물이 흐른다
어린아이가 내려가면, 황혼까지 미역을 감을 수 있는
곳
얼마나 좋은가, 연과 나비가 갈 곳이 있으니
풀 뜯는 소는 오히려 에피소드와 같다

굳이 특별한 날을 찾아내야 한다면
바로 오늘일 것
언덕 위에 새로운 무덤이 생겨나니
까마귀들이 잠시 허둥대다 분분히 내려앉는다
풀들은 계속 누래진다

다진 흙이 아무리 두텁다 한들
한 사람이 들어가기엔 너무나도 가볍다
그 옛날의 흥정은 부질없는 우스개
입술을 부지런히 움직이면

삶이 부드럽게 씹힐 줄 알았다

혼자서 별빛 가득할 때까지
앉아 있다가 하는 말은,

―이만 돌아가자
한참을 넋 놓고 있던 풀 한 포기가
희미한 바람 속에
몸을 살랑거렸다

꿈틀

○
○

아침을 먹고 나는
항상 마을로 들어갔다가
다시 돌아나온다

잠시 머물기도 하고 바로 나오기도 한다
내가 짝사랑하는 사람과 마주치길
가끔은 그렇지 않기를 바라기도 한다

걸음을 늦추면, 길을 한 구간 늘릴 수 있다
길가에서 갈대 한 포기를 보았다
남쪽을 향해, 두번째, 세번째 갈대……
이 순간 평원은 아주 깊다

오늘처럼, 돌아오는 길에 바람이 갑자기 세지면
연못 물이 둑을 쳐 하얀 거품이 가득하다

나는 겨울과 가까워져 있다

한바탕 싸락눈처럼 꿈틀대며

유채밭에 물을 주다가

○
○

결국 둘은 다투기 시작했다
그녀는 그가 힘을 안 쓴다 탓하고
그는 그녀의 잔소리가 싫다고 했다
정오의 햇볕에 등살이 녹아내리고
호스에 매어놓은 두 개의 밀짚모자는 작고 뜨거웠다
육십 년 세월이 흘렀어도 그들은 욕심이 없다
날아다니는 참새의 그림자가
모자 하나를 덮고 또다른 모자를 덮었다
한눈팔 틈조차 없다

"이렇게 해선 세월의 눈을 떨어버릴 수 없어."
하지만 형식은 필수,
쭈글쭈글한 핵 하나를 꽉 감쌌다
검증을 견디는 과정, 맹목과 너그러움은 제쳐두고
툭- 삐져나온 포플러나무의 가지 하나를
잘라내는 것이 최고의 단장임을 깨달았다
낫에 흠집 생길라

—또 그녀의 잔소리가 들려왔다

나무통

○
○

단 한 가지, 의심의 여지가 없는 것은
그녀가 한때 한 줄기의 강물을 담았었다는 사실이다
물풀, 물고기, 큰 바람이 일으킨 소용돌이도 함께
한 척의 배, 그리고 밤낮없이 불러대던
요녀의 노랫소리도 함께

한낮, 강가에서 빨래를 두드리던 그녀는
더이상 강물에 비친 모습을 보지 않았다
수천 년 전 강의 상류에 살던 잘록한 허리의 여인이
두 개의 왕조를 어떻게 양쪽 주머니에 넣었는지
추측하지 않았다
뜨거운 대낮에, 어떻게 소매 끝에 향기를 피워올렸는지
궁금해하지 않았다

처음엔, 그녀도 버들가지 같은 자태를 뽐내며
인생의 강둑을 거닐다가
잘리고 깎이고 통으로 만들어져

아기자기한 모습으로 풍월을 담기 시작했다
청춘, 사랑, 그리고 취기 가득한 약속도 담겼다

아이가 들어왔고, 울음소리가 들어왔고, 약도 따라 들
어왔다
그녀의 허리는 점점 굵어져갔고
칠은 하루하루 벗겨져나갔다
얼룩덜룩

삶은 여전히
한 치의 느슨함을 허용하지 않았고
그녀는, 삶이 선택한
유일한 나무통이 되었다

굳은살

○
○

당신을 묻을 땐
손바닥의 굳은살도 함께 묻을게요
굳은살은 잘 건사해둬요
당신이 가는 그곳은 멀고 추워서
가끔 꺼내서 만지며 놀아야 할 테니까요
당신이 돌아오고 싶어지면
나도 알아볼 수 있을 테니까요

아버지, 자승자박이란 말, 잘 알고 계시죠
하지만 당신은 한 번도 말해주지 않았어요
삶에 대해서, 경멸이든 존경이든 말하긴 어렵겠지만요

자식으로, 당신은 선택하지 않을 수도 있었어요
자식으로서, 내 평생의 고통을
당신에게 보상하라는 말은 못하겠어요
당신을 묻는 내 손에도 굳은살이 있겠지요
한 포기 풀의 이름으로 나는 얼마나 자주

봄을 당신에게 선물해드리고 싶었는지 몰라요
당신을 위대하다 찬미해드리지는 못해도
안녕은 빌어드릴게요

다시는 볼 수 없겠지요
아버지, 안녕
가는 길에 어떠한 표식도 남기지 말아요
이번 생이 당신을 따라가게 하지는 말아주세요

관계

○
○

너는 분명 물이라고 말하겠지
나는 물고기와 물풀 사이에서 난처해한다
장마가 끝난 뒤, 기나긴 가뭄의 시간들
잿빛 흙속에서 노래하는 여인의 치맛자락엔 바람이 없
다
네가 왼쪽 귀를 먹은 후에
나는 쉽사리 여러 식물 속으로 들어갈 수 있었다
물론 약초 속으로도
보조 약재나 약 찌꺼기로는 쓴맛이 덜하고
알사탕으로는 당도가 모자랐다
아침, 우리는 동시에 집을 나섰다
날씨가 여러 지방에 영향을 끼쳤다고 해도
네가 길을 잃었다는 소식을 믿고 싶지 않다
하지만 바람은 분명 황혼을 향해 불 것이고
우리는 흙속에 함께 묻힐 것이다
고정불변하는 거리를 두고

등불을 든 사람

○
○

그녀는 황혼이 깃드는 것을 안다
저녁 햇살이 문지방을 타고 살며시 넘어오는 것을
문가로 조용히 스러지는 것을
그리고 모판 위로 기어오르는 어둠의 기척을
그리고 그녀는 듣는다
어떤 만남이 시퍼런 멍으로 번진 이야기를
그녀가 등불을 밝힌다

등잔의 자리와
성냥개비의 위치를 알고
지나가야 할 경로와 혼란에 빠뜨릴 사랑의 위험을 안
다
그가 무엇을 내줄지 무엇을 가져갈지를 안다
그녀가 등불을 밝힌다

그녀는 앞을 못 보는 사람
삼십 년 넘게 어둠 속에 살았다

황혼이 지면 그녀는 등불 하나를 밝힌다
다만 두려워서
그녀를 찾는 누군가가
그녀를 보지 못할까봐

자정의 마을

○
○

이 순간, 어딘가 분명 있을 것이다
네 상상을 비추는 등불
낙담한 여자가 편지지 위에서 망설이고 있다
얼마나 잊히기 쉬운 마을인가
더군다나 이 비바람이 계속되는 밤에는

여자는 분명히 답장하지 않을 것이다
남자의 물음에 여자는 입을 열 수 없으리
—그들의 아이가 물에 빠졌고 시신으로 건져올려졌다
여자는 결심했지만, 끝내 입을 열 수 없었다

남자는 베이징에 있었다
십 년이 지났지만 남자는 모른다
여자의 젖가슴에 종양이 생겼다는 것을
남자는 항상 말한다: 너는 내 사람이야
족욕센터에서 전화할 때도 남자는 똑같이 말했다

여자는 아이 무덤 앞에서 말을 삼키며
밤새 눈물 한 방울 흘리지 않았다
마을이 얼마나 황폐해졌는지, 남자는 알지 못한다
여자의 마음이 어떻게 싸늘하게 식어갔는지
남자는 더더욱 알지 못한다.

나를 찬미하지 말아줘

○
○

나를 찬미하지 말아줘
봄날, 우리가 피끓는 청춘일 땐
설령 아름다움이 나를 유혹하지 못하더라도
가슴 깊이 간직해두길

사랑한다면, 나를 봐줘
눈을 떼지 말고 지긋이 봐줘
나는 먼저 눈가 주름을 드러낼 거야

물론 호두 같은 마음도
봄이 지나간 나무 위에 걸려 있어
몇 번 뛰어오르면 닿을 수 있는 걸

사실, 내가 말하고 싶은 건
황혼 무렵 우리 함께
산들바람 불어오는 들판으로 가서
막 노래지는 민들레와

구름이 쓸고 간 풀들을 보는 거야

그때, 나는 뒤돌아볼 필요가 없어
항상 네가 뒤에 있다고 믿으니까
우리가 함께한 날들은 이렇게 노래해줘

나를 영리하다거나 다정하다거나
선하다고 말하지 마
가끔 이렇게 말해줘:

"이 멍청한 여자야!"

열다

○
○

유채꽃이 피었니? 그래, 끝도 없이 피었어, 힘을 다해
피었어
　그런데도 내 허리는 여전히 아파
　그녀가 말했다

　오, 작은 여인에 불과한 나는
　등불을 켜고 나무문 앞을 서성거린다
　나는 한 번도 의심하지 않았다
　아픔들이 이미 내 마당에 놀러와 있음을
　나는 말없이 결말을 기다린다
　불씨를 발끝에 감춘 방화범처럼

　내 사랑아,
　세상에 우리 몸의 지도를 아는 이는 없어
　바투*의 무덤들까지도 언젠가는 열릴 것이니

---

* 　이 시에서 언급하는 파라오의 이름. 실제 역사 속 인물은 아니며, 투탕
카멘의 무덤 발굴을 연상시키는 시적 상징으로 쓰였다.

젊은 파라오는 향기의 유혹을 견디지 못할 것이다

오, 작은 여인에 불과한 나는
이 영원의 시간 속에서
한 송이 꽃으로 너를 열어젖히려 하니
은밀하고 그윽한 강 하나를 열어주라
그 강물에 비친 네 얼굴을 보고 싶다
신이시여,
이게 바로 질문이 해답인 수수께끼가 아닐지

너는 그저 나를 위해,
나를 위해 오늘에 머물러다오
내가 깊이 의지하는,
다시는 흘러가지 않을 오늘에

황막

○
○

나는 자신의 어리석음을 용서하는 데는 익숙하다
하지만 그것이 누구에게 전가되었는지는 모른다
다만 믿었다 달을 띄우는 몸은 분명히
수없이 많은 일몰을 짊어질 수 있다고
그러나 이제 난 조금만 움직여도
헐떡이는 몸이 되었으니
이 작고 애달픈 마을에는 사당조차 없다

신앙은 나를 어디로 데려갈 것인가
촉촉한 봄날엔 길 잃은 도둑도 용서받는다
어머니와 자매와 내 사랑을 시로 불러본다
그들은 모두 강 건너편에 있다

삶과 시쓰기에 요령을 피우고 싶지 않아
그것들에 밟혀 나는 항상 아프고 숨막혔다
물론 죽음조차도 내겐 요령을 피워야 가능한 일
달이 뜨니

다시 속념이 꿈틀댄다

까마귀가 몸안에서 날아나가다

○
○

역설처럼, 황혼을 향해
점점 흐려지는 빛 속에서 빙빙 돈다
산마루들은 또다시
시간에 묻히는 환영을 맞는다
아니, 어쩌면
산마루 자체가
시간을 묻는 환영이다
그렇다면 까마귀가 머물렀던 몸도
그 까마귀의 환영일까?

모든 의심은 내 몸안의
까마귀의 날갯짓을 막지 못한다
그 새는 나는 법을 알고 있다—
왔던 길과 갈 곳을 아는 것처럼.
더 아름답게 날고자 한다—
사람들을 공포에 빠뜨릴 만큼.
까마귀는 먼저 하늘의 것

그다음엔 들녘의 것이며
날아가는 모습을 지켜본 사람의 것이다

질문들은 남는다
까마귀가 날아간 뒤, 몸은 어디로 가는가?
제자리에서 기다림은 적극적인 접근일까?
까마귀가 날아나간 뒤에는 검은색을 더이상 내 것이라
할 수 없는 걸까?
—밤을 믿지 않는 자는 범죄 전과자가 분명하다

마지막 문제는 사람의 몸뚱이가
까마귀의 귀환 시점을 전혀 알지 못한다는 것이다

헝덴 마을의 오후

○
○

마침 고운 햇살이
산비탈의 지붕에 내려앉는다
줄지은 포플러나무
네모난 연못
못가의 물풀을 비춘다
기어가는 고사리와
노란 유채와 푸른 밀밭도 어루만진다

시간은 울퉁불퉁하여
그토록 많은 식물이 나눠 갖고
소 한 마리와 연못 한가운데 오리가 나눠 갖고
하나하나의 손짓이 나눠 갖고
나도 나눠 가졌다

이 조각조각의 시간이 모여
나의 반평생이 되었고
어머니의 빼곡한 백발이 되었다

기뻐 날뛰는 건 만물들뿐
—그들은 또다시 옹근 봄 하나를 채웠으니

이런 봄 속에서 우리가 하는 일은
헝덴 마을을 다시 한번
포근하게 덥히는 것뿐이다

촛불

○
○

1
너는 분명 나에게 황혼을 주었지
더 깊은 밤까지도
어둠 속에서 너는 민첩한 사람이었어
너에게 낯선 마을은 없었고,
모르는 무덤도 없었지
들쥐의 경로까지도 알고 있었으니까
그때 나는 분명 허둥대고 있었어
불은 붙이지 못하고
물도 길어올리지 못한 채.
네 손안에 있는 답을 똑똑히 보고도
나는 결국 어긋나버렸지—
소수점 하나가

2
나는 인정한다
내가 너를 고의로 풀어준 혐의가 있음을

여러 해 동안 너는 이름을 바꾸고
부정한 재물을 쓰며 살았지
네가 참회따윈 잊고 살아가기를 바랐어
마작놀이와 계집질, 다리 어귀의 봄빛은 여전하고
세상은 참으로 아름다웠지
그런데
네가 훔쳐가지 못한 자투리 양초는
대낮에도 항상 불을 켜두었는데
도무지 꺼지질 않네

3
오래 헤어져 있으니 슬픔도 없다
사실 슬픔에 대해 얘기하자면
온 산이 푸르러진다
나는 근본 없이 고상하기만 한 여자야
하루하루 늙어만 가는데
눈동자만은 호수 하나를 담을 수 있으니

나는 계속 춤을 추고
복숭아꽃은 계속 떨어지고
눈은 계속 흩날리지
끄트머리에서 나는
분명히 땅에 엎어져 있을 거야
긴 머리카락을 바람에 나부끼면서

4
세상에는 꼭 너와 닮은 사람이 있고
나는 그를 추적할 권리가 있다
마치 어둠이 나를 삼킬 권리가 있는 것처럼
한때 네 안에 있던 나의 집
거기서 등불을 꺼내온다
그는 다시 돌아오지 않을 거야
네가 다신 내게 이렇게 물어볼 일이 없는 것처럼
—아가씨, 4월은 아직 멀었나요?

5
정말이지
난 삶이 휘청거리는 모습을
그만 잊어버렸어

2014

○
○

바람은 남쪽에서 불어온다
작은 평원에 스멀스멀 뜨거운 공기가 피어오르니
인동화는 다시 잿빛 참새 위로 흩날릴 것이다
편지는 길 위를 달리고
말은 강가에서 풀을 뜯는 중이다
—내가 신뢰하는 것들이다
꽃중년 좋은 시절
화차 한 잔 들고 나무 아래에 앉아
연기 같은 세월에 기꺼이 취해본다
그 끝엔 옅지도 깊지도 않은 애잔함
이 끊임없는 윤회 속에서도
맑은 침전이 있다는 걸 인정한다
바라지도 않지만 게으르지도 않다
만약 시월이 내게 위로의 계절이라면
오월의 뜨거운 화상을 허락하겠다
세월이 마을에 내려앉을 때
나는 추호의 망설임도 없이

다만 그것을 구슬처럼 받쳐든다
그러나 귓가에 들려오는 건
와장창창 기와 깨지는 소리뿐

밑 빠진 배

○
○

역사가 추적하지 못하는 비밀이나 근원은
큰눈으로 거짓말의 헛수고를 지워버렸다

사십 년째 번번이
큰 파도에 밀려난 얕은 물가에서
물고기, 새우들과 벗이 되었다
뜬구름, 헛소문, 의심병을 좋아하지만
실은 두 가지의 공허를 견디는 것일 뿐

하나는
그의 몸에서 호수로 빠져나가는 별빛
다른 하나는
그의 몸안으로 흘러들어온 물고기들

별빛은 여전하지만 물고기는 자취를 감췄다
물고기는 다녀간 일조차 모르는 듯
배 위에 흔적조차 없으니

오직 그만이 우긴다
자신은 배라고

황량한 물가에는
전생의 목성木性, 이번 생의 수성水性이 서려 있다

지붕 위에 서 있는 여자

○
○

오후다
산들바람 속을 누비는 흰 물새떼의 오후
흩날리기 전 안절부절못하는 갈대숲의 오후
포플러 가지에 내려앉은 까치 한 마리의 오후
가지 끝에 잊힌 귤 한 알의 오후
지금은 한 여자의 오후
지붕 위에 선 여자가 내려다보는
희미한 빛이 떠다니는 오후다

그녀는 큰길 위를 오가는 사람들을 본다
아무도 그녀를 보지 못한다
그녀는 사람들의 크고 작은 대화를 듣는다
아무도 그녀가 듣는 걸 모른다
그녀는 무리 속에서 누군가 자신에게
손 흔들며 걸어나오는 시간을 계산한다
아무도 그녀가 계산하는 걸 모른다
평생 살아온 마을에서

그녀는 다시 한번 느꼈다
하늘과 이렇게 가깝다는 것을

달빛 속의 산초나무

○
○

1
달빛은 어디든 흘러든다
어두운 흉터와 함께
달빛이 흐르든 말든
바람의 벌레구멍과
촉수가 짧은 소문은 막을 수 없다
달빛에는 눈 소식도 담겨 있다
은은하게
눈은 세월의 거짓말이어서 묻어버릴 수도 없다
하지만 달빛은 말을 걸어오듯
점점 더 희어진다
듣든 말든
다 마음에 달렸다

2
인간 세상을 이야기하자면
그것은 떨어지지 않는 산초 열매 한 송이

총알이 작아서, 탄창에 장전되기 쉽지 않아
이 날카로운 경멸: 익숙해질 대로 익숙해진
시고 달고 쓰고 매운 이 맛
인간 밖의 세상도
떨어지지 않는 산초 열매 한 송이
그것은 추방당한 수행과 나무의
평생에 걸친 약속이다

3
잡초가 무성한 산비탈,
혼잡한 나무와 사투리 속에 섞여 있으니
그 향기는
빽빽하고 날카로운 가시 사이에서
빛나는 잠언을 찾으라 한다

그게 바로 한 그루의 산초나무
밤빛은 넓게 펼쳐지니

향기는 날아가면 돌아오지 않는다

이렇게 꿈도 없이 살 것인가

○
○

헝덴 마을의 수세미덩굴은
노란 꽃으로 가득하다
너는 꽃이 열매 맺기를 기다리고
열매 속이 익기를 기다린다

어둠이 헝덴 마을로 미끄러져 들어오기를 기다려
집안의 등불을 켠다
등불이 꺼지기를 기다리고
꿈이 슬며시 밀고 들어오기를 기다린다
나비는 어떻게 수세미 속으로 들어가는 걸까
밀정이나 스파이처럼

누군들 삶을 훔친 도둑이 아니겠는가?
누군들 삶에게 도둑맞은 사람이 아니겠는가?

하지만 우리는
끝내 꿈을 버릴 수가 없다

집을 나서기 전 몸의 먼지를 떨어내듯
몸짓 하나에서 팔아먹은 것과 이뤄낸 것 모두
허공의 문장으로만 남는다

바람이 빨랫줄의 옷가지들을 마구 휘감는다
오늘 옛집에 들렀더니
내가 두드리던 키보드 하나가
시든 장미나무 곁에 버려져 있었다

소년

○
○

그가 나비를 쫓아 산을 넘으려 한다
하얀 운동화는 더럽혀졌고
셔츠는 땀으로 얼룩졌다

그때의 집은 시골에 있었다
연기가 지붕 위로 곧게 솟고
산새가 숲을 가로 누비던 곳
그때는 상상도 못했다
훗날 나이든 애인이 생길 거라곤

바람을 안고 들판을 달렸다
구름을 끼고 하늘을 날았다
그는 어린 시절의 연못에서 태어난
푸른 나비 한 마리

그는 믿지 않았다
자신이 어른이 될 거라곤

그가 나비를 쫓아 산을 넘으려 한다
자신이 어느 중년의 꿈속에 있었다는 것도 몰랐다
중년 여인은 늙어 다시금 그를 꿈꾸었다

그는 몰랐다, 지나온 길이
공 속으로 둥글게 오므라드는 것을
얼마 지나지 않아 소년은 공을 버렸다
공은 해가 갈수록 먼지가 뽀얗게 쌓여갔다

너의 눈은

○
○

이 호수, 이 호수 안에서 가장 맑은 물줄기
해와 달과 별도 비치는 가장 맑은 물줄기

천년 동안 이 물을 마셨다
경서를 든 선비도
권세 높은 귀인도
패가망신한 빈자도

일생의 모든 만남에
달큰한 술과 독한 술이 섞였듯
이별에 따라온 상심과 미련들

이 순간 바람은 물을 일으켜 파도를 만들고
천리를 날아온 수증기는 나를 휘감는다

이 순간 다만 바랄 뿐이다 작은 물고기가 되어
알록달록한 별들 속에서 헤엄치며

빠져 죽을 고난만큼은 비켜갈 수 있기를

용서해줘, 이 만남의 기쁨과 떨림을
세월이 길이길이 빛나
산들바람과 보슬비가 되어주길

언젠가 헤어지게 되더라도
첫 만남의 다정함은 그대로 남아주겠지

이 호수가 천년을 넘어
맑은 바람과 밝은 달을 비추기를
네가 평생 바라는 모든 것이 이뤄지기를

헝덴 마을의 빗물

○
○

반생이 저물었는데
빗물은 아직 아름다운 새벽 하나를 씻어내려 한다
흙먼지 속에 겹쳐진 발자국들은
모두 낮은 도랑으로 흘러간다

달빛, 갈대, 들오리를 품었던 도랑물이
빗속에서 흔들리는 곡선을 그리고 있다

황혼 속에 술잔을 들고 홀로 걷는 사람아
나는 그녀를 사랑한다
하늘 향해 날아가는 민들레 홀씨를 사랑하듯

여자가 사랑만 말하지 않는다면 얼마나 좋을까
그녀의 슬픔은 밀을 베어낸 들판에 흐른다

매미 날개처럼 얇지만
찢어지지 않는다

이 혼탁한 세상은
헝덴 마을에 들어오면 깨끗해진다
이곳 사람들이 또렷하게 멸망을 볼 수 있도록

제2장

○
○

물

○
○

지금은 내가 좋아하는 시간
황혼은 깊어졌지만 어둠은 아직 옅다
내 영혼은 이렇듯 맑아
나뭇잎 위를 구르고 있다
등잔 하나 그림자 하나
이렇게 벌거숭이로 살아가니
그림자는 더욱 길어
어둠까지 공양한다
물이 사면팔방에서 밀려오고
사면팔방으로 흩어진다
물속에서 가볍게 흔들리면서 나는
몇몇 낱말의 번뜩이는 부분을
풀 끝에 걸어둔다
한 줄의 시구에 갇혀 옴짝달싹 못하는 걸 좋아한다
그러다가 온 힘을 다해 출구를 찾아나선다
나는 무언가로부터 사랑받는다, 버려지지 않았다
허나 그것은 흐르지 않는다

노래 속에서 산봉우리는 끝내 보이지 않는다
우리의 양들은 아직 어리고 울음소리는 여리다
여름의 열매까지 백 걸음만 남았다
살다보면 이런 순간이 온다
내가 외면해온 나의 한 부분을 비로소 바라보는 순간

창밖에는 비가 내리고

○
○

나는 여전히 마른 방안에서 술을 마신다

술병을 거꾸로 엎어놓았다가 밀쳐 넘어뜨리고 바로 세
우고

또다시 거꾸로 엎어놓는다

창밖의 비는 나를 모른 체한다

한 방울이 한 방울을 끌어안고 떨어지고

한 방울이 한 방울을 밀치며 떨어진다

융합은 곧 파멸이고, 파멸은 곧 융합이다

한 사람이 하늘로 돌아가는 데 얼마나 걸릴까

얼마나 걸려야 하늘에서 내려올 때가 되는지

내가 담뱃재 한 덩이를 떨 때

다른 재 한 덩이가 이미 생겨났고

한 사람을 죽을 때까지 사랑했을 때

뱃속에는 이미 다른 생명이 자라났다

비는 떨어지는 곳마다 다른 울음을 낸다

아무도 더 빨리 사라지지 않고

아무도 온전하게 세상에 오지 않는다

모두 빗속에 있고
모두 빗속에 없다

잘 자, 헝덴

○
○

무려 사십 년, 나는 한 번도
이 마을을 떠난 적이 없다
헝덴 끝자락의 가벼운 사투리는
낚싯줄처럼 낮게 가라앉는다
한 인간도 결국
가라앉는 과정이다
곡식과 들풀, 토끼,
그리고 마을을 스쳐 흐르는 구름까지

모두 땅으로 가라앉아
흙속으로 조용히 스며든다
나는 결코
이 적막을 사랑한다고 말할 수 없다
한 포기 강아지풀보다 비루한 숙명도

복사꽃은 피고, 지고, 열매 맺고
곡식도 자라 꽃 피우고, 알곡 맺고, 거둬지고

해마다 반복되는 이 끝없는 윤회가
내게는 말로 다할 수 없는 아픔이요
점점 더 무거워지는 슬픔이다

이 잠들 수 없는 밤에 바람은
처마밑을 맴돌고 나는
꺼진 등불처럼
이곳에 떨어져 있다
창밖의 들판을 향해 내뱉은
어눌한 한마디:
잘 자

막수거리 莫愁街道

○
○

초봄, 어둠 속에 늙은 버드나무가 막 새순을 뽑는다
　양춘주점에서 나오자마자 그녀는 담배꽁초를 비벼 끈다
　흔들어대는 붉은 손톱이 음산한 불꽃 같다

쌀튀밥 장수는 아직 길가에 있고
백열등은 노란빛을 뿌리고 있다
누가 밤에 그런 걸 먹지?
삶의 찌꺼기만 계속 입가에서 흘러내린다

장미꽃은 피지 않았다
그녀가 눈길을 줄 때는 늘 이미 시든 뒤이다
꽃 한 송이가 두 번의 봄을 누리는 건
불공평하다

손목의 칼자국을 달빛이 비추니 더욱 아파오고

왕펑의 포효가 들려온다
"우린 본디 외로운 존재야!"*
몸안의 뱀은 풀려나왔지만,
사람을 물지 않고 다시 몸속으로 들어간다

그녀는 또다른 자신을 본다: 남편은 침대에 축 늘어져
있고
그는 그녀가 몸 어디에 약값을 숨겼는지 전혀 알지 못
한다
그녀는 수도꼭지 아래에서 화장을 씻어낸다

눈먼 점쟁이는 아직 장사를 접지 않았고
뜨문뜨문 한 번씩 고함을 질렀다
—새해가 밝았소! 운세부터 봐야 하오!

---

* 왕펑王峰은 중국의 유명한 록가수이고, 해당 구절은 왕펑의 노래 〈본
디 외로운 존재生來孤獨〉의 가사 일부이다.

두꺼비

○
○

너는 "인간"에게 속았고 "분노"에 속았다
신이 계획한 비는
공기가 희박한 고산에서
메마른 강남까지 뿌려졌다
그는 일부러 수염을 깎지 않았다
그의 애인은 자수루의 이층에 있다
이목구비는 영롱하고, 뼈대는 가늘어서 부러질듯
여러 해 동안, 그는 그녀의 문 앞에서 맴돌았다
손에 전단지가 들린 채로
그의 뒤에는 다른 여자가 있었다
목구멍까지 올라온 가슴속의 푸른빛을 매번 꾸욱 누
른다
여러 해 동안 한 사람을 추적하는 것은 쉽지 않다
몸안의 독소는 언제든 폭발할 수 있다
그녀는 외모로 그의 환심을 사는 데 지쳤다
침묵도, 표현하기도
그가 늙어가는 모습을 지켜보는 것도 귀찮아졌다

불빛 찬란한 번화가를 가로지르며
그녀는 그저 몸속 싸늘함이
편안하게 느껴질 뿐이었다

근원

○
○

나는 속세의 복잡하고 어지러운 만남을 사랑한다
매번 반복되는 촌스럽고도 무거운 봄을 사랑한다
모든 것을 견뎌내고 또 파괴하는 결심을 사랑한다

완벽하게 차단되는 강물은 없다
헤엄에 능한 사람들은
한 줄기 강물과 모든 것을 약속한 사이일 것

—당신, 나를 만나게 될 운명이야
강기슭의 불꽃에 매료되어
손바닥을 내밀어
불씨가 남아 있는 재를 받아 안을 것이다

그리고 나, 또한 당신을 찬양하는
뭇사람 중 하나가 되어
알량한 소속감조차도 던져버릴 것이다
강물은 대지만큼 광활한데

계속 떨고만 있는 나
하찮아 보이지만 애써 피어난 이 작은 정
저버릴까 두렵다

오, 내가 말하고 싶은 건
나의 슬픔과 절망
심지어 갈기갈기 찢어질 듯한 심장이
한 줄기 강을 너그러이 받아들였기에
황금빛 반사를 얻은 건 아닐까

연가를 들으면

○
○

늘 그 나뭇잎들을 떠올린다
나뭇잎들이 떨어지는 과정을 떠올린다
떨어지며 스스로 고요가 되는 이파리들
고요의 무게가 너무 커서
마을 전체가 숨을 죽인다
잎사귀를 뚫고 더 깊은 고요를 남기는
저녁 햇살을 떠올린다
그 황금빛 울음들은
더 찬란하게 빛나기 위함이다

언제나 시간을 더 밝게 만드는
비도 떠올린다
비는 그저 그렇게 내리며
슬픔을 산산이 찢어놓고는
잎의 앞면에 떨어진다

가끔 잎의 뒷면도 적시는데

문득 한 사람이 떠오른다
그의 앞가슴, 그의 등

모두 다 지난 일이다
이 질질 끌려온 세월은
늘 거기 있었던 듯도 하고
처음부터 없었던 듯도 하다

내가 죽은 뒤에는 아마
노래 한 곡이 울려퍼지겠지
내가 들을 수 있다면
지금 이 순간, 바로 꺼버리고
다신 켜지 않을 것이다

비어 있는 마을에 바람이 분다

○
○

한탄할 필요 없다
꽃은 여전히 피어 있고
꾀꼬리는 가지 위에 놀고 있으니
설 때 셋째 오라버니가 돌아와
수양버들이 언제 움트는지 물었다
해마다 시들고 무성하기를 반복하니
조바심 같은 건 필요 없다

양떼가 아침을 지나가면
그 먼지는 점심에 떨어진다
마음이 한시도 몸을 떠나지 않으면
반드시 큰 복이 있을 것
바람은 보이지 않아도
항상 불고 있고 한 순간도 멈추지 않는다

흙은 어디서 올까, 뽕나무는 어디서 날까
아버지, 처마밑 기와 조각을 들어올려봐요

자식들이 튀어나와 당신을 놀라게 할걸요

사람은 돌을 몸에 묶어야만
비로소 흙속으로 가라앉을 수 있다지요
그러나 그 흙조차 여전히 바람 속에 있으니
우리 징먼성*이나 가봅시다
거기는 사람도 많고 바람구멍도 많으니까

슬픔이 밀려올 땐
밥을 한입 크게 떠먹는다
이런 쓸쓸한 허세는
오직 바람만 안다

---

* 후베이성 중앙부에 위치한 징먼시를 가리킨다.

유독 나만, 아니다

○
○

오직 이 작은 것만이 나를 파괴할 수 있다
오직 이런 통증만이 비명을 삼키게 한다

깊은 밤에 무릎을 껴안고
창밖에 시들어가는 소리를 듣는다
그것은 장미의 소리 그리고 밤 자신의 소리
그리고 온 은하수
우주 전체의 소리

─도움을 구할 상대가 없다
생명이 갈라진 틈 사이로
오랜만에 찾아온 밀물과 썰물이
천길 아래로 떨어진다

많은 밤을 나는 이렇게 지내왔다
꽃들을 갈기갈기 찢어버리며
─내 사랑을 의심한다

번번히 몸을 산산조각내면서
내 선천적 결함을 의심한다
이런 파괴적 본능이라니

어쨌든, 나는 여전히
그와 대등할 수 없다
그와 다른 사람들의 것은
다 사랑이겠지만
유독 나만, 아니다

들판에서 장작을 줍다가

○
○

문득, 노래를 흥얼거렸다
오후의 햇살이 목구멍을 비춘다
"잘 살아보자, 혼자서도 충분해."
나는 신발을 벗어 흙을 떤다 갑자기
내 작은 두 발이 이렇게 사랑스러울 수가 없다
세상 만리 길을 여행했지만
여전히 아기자기한 모습이라니
나쁜 날씨를 잘도 견뎌주었다

나는 진작에 은자隱者의 마음을 가져야 했다
세상사를 버리고 나니
뼈마디가 투명해진 듯하고
고귀한 영혼은 내게 중요하지 않다
밀밭은 푸르싱싱 자라고 있고
나무에 앉았던 까치가
포르릉 땅으로 날아내린다

일기: 나는 여기에만 존재한다

○
○

개구리 울음소리가 가득 올라온다
아직 내 신발 바닥에서 떨어내지 못한 행복이 있다면
그것은 촌스러운 시골 아낙 품에 안긴
햇밀의 냄새요, 인동화의 냄새
그리고 잠옷에 묻은 햇살 냄새다

아무도 나의 문을 두드리지 않은 지 오래다
오솔길에는 시든 꽃잎만 수북이 쌓였다
소리 없이 세상에 내려온 나
조용히 만물 속에 숨어 있으려 했다

하지만 슬픔은 이토록 귀한 법:
슬픔으로 내 존재를 확인해줘야 내게
자비와 연민, 사랑과 미움, 이별이라도 베풀 수 있는 세
상이니

이 시각 야래향 꽃 향기가 창살을 뚫고 들어오고

문 앞의 벌레 소리는 높았다 낮았다 자지러진다
수많은 사람을 만났다
동반자 없는 이 세상에
나는 이렇듯 충만하다
한 뙈기의 밀밭보다 무거운 만큼
그저 고개를 수그리고
내게 드리우는 달빛을 받아들일 뿐이다

구활*

○
○

오후가 되면 풀을 베러 간다
무당이가 따라갔다가 다시 따라온다
가끔은 내가 무당이를 따라간다
녀석의 꼬리가 요리조리 흔들린다

며칠 동안 매일 맞은편 남자가 보리를 베고 있다
나를 보면 능글능글 웃으며 이름을 불러댄다
나는 서둘러 풀을 벤다
손가락을 여러 번 베였다

데릴사위로 들어온 남자,
마누라가 정신을 놔버린 지 이십 년
아들은 자폐증
허리엔 항상 카세트가 매달려 있다
그 소리가 하도 커서 온 마을에 들리고도 남는다

* 苟活: 구차하게 오래 삶.

내 토끼 한 마리가 그의 밭으로 도망갔고, 무당이가 쫓아갔다

하지만 그의 낫이 개보다 빨랐다

그가 토끼를 들고 돌아간 후에도

무당이는 거기에서 한참을 찾고 있었다

오월의 끝자락

○
○

그것의 잿더미는 여전히 푸르고
그것의 수난도 여전히 진행중이다
감히 끝낼 생각을 하다니!

꽃 한 송이가 필 만큼 피고 나면
지는 것이 당연하거늘
나만은 그럴 수가 없다
―늙어간다는 것은 얼마나 잔인한 일인가
나는 마치 중범죄자처럼 침묵을 지키고 있다

개구리와 풀벌레의 울음이 요란한 밤
나는 하늘을 보지 않고
달도 보지 않는다(건들면 바로 부서지는 허상이니까)
기적소리는 울리기 마련이다
많은 사람이 팔을 들고 있지만
정작 배웅할 사람이 없다
오직 강물만 시일을 모른 채

호탕하게 흐르고
파도가 다른 파도를 밀어버린다
마치 둑이 다른 둑을 묻어버리는 것처럼

달빛

○
○

이 깊은 겨울에도 달빛은 여전히 희다
그녀는 마당에 서서 달빛을 쬐려 한다
십자가에 못박힌 듯
감나무에 기대어 있는 사람
얼마나 많은 수난의 날들을
그녀는 이 나무를 껴안은 채 심판을 기다려왔던가
다시 운명의 변방으로 유배될 그날을 기다리며
달빛은 모든 흰 것들을 검게 비추었다
흰 서리, 흰 시간, 흰 뼈까지
검게 변했다
그녀의 몸안에
한 구의 관이 가로놓인 것처럼

먼지

○
○

정말이지, 기댈 곳 하나 없다
바람 속에서 끝없이 서쪽으로 기운다
물위에 그림자가 겹겹이 쌓일 때
물에 빠진 사람을 어떻게 믿어야 하나
몇 번이고 그녀는 몸안에서 빛을 꺼내려 했다
꿀을 끄집어내려 했다
물에 잠긴 사람은 무거운 돌을 지고 있다
그녀는 계속해서 기포를 뿜어낸다
빛이 기포 안에서 휘어지고 부서지고 사라지도록
―이 과정은 단 한 번도 수정된 적이 없다
그녀는 쉬지 않고 뱉어낸다
오장육부를 다 토해낼 듯
남은 운명마저도 끌어다 뿜어낸다
―이 또한 되돌릴 수 없는 과정
하지만, 부디 용서해주길
먼 곳을 몸속으로 끌어왔지만
여전히 뚫을 수 없는 공포에 질려 있으니

밤

○
○

개구리 노랫소리
벌레의 울음소리
흙이 숨쉬는 소리
손전등 빛이 멀리서 가까워진다
밤에 혼자 걸어 다니면
가끔 누군가와 마주치기도 하지만
인사도 안 한 채 멀어진다

어떤 빛은 갇혀 있다
그녀가 몇 번 시도했지만
그것들을 밖으로 끌어내진 못했다
어떤 빛은 허허벌판에 선 채로 영원히 숨겨졌다

꽃과 풀과 나무는 제각각 자라고
제멋대로 잠복하고 급습한다
한 도시의 통신비번이 바뀌었는데도
아무도 알아채지 못했다

큰눈이 내리기를

○
○

아무런 예고 없이
죽음보다 더 무거운 폭설이 내리기를
그것은 갑작스러워야 하고
통째로 쏟아부어야 하며
모든 원한을 산산조각낼 수 있어야 한다

내게는 강력한 그것이 필요하다
내가 작디작기 때문에
눈이 대수로워하지 않는 것이 아니다

내가 증오하는 흰색이 내 몸 위에 쌓이길!
이 끝없는 황무지에서
나를 위해 불멸의 묘비를 세워주길!

나는 여전히 오물덩어리니까
내뱉은 저주, 흘러나온 피, 파렴치한 사랑, 끈질긴 탐문
오, 눈! 이 예언자여, 위선자여,

악을 돕는 배신자여 부디 내게
잡초 한 포기 돋지 않는 무덤을 만들어주길!

눈의 딱 한 가지 장점이 마음에 든다:
아무에게도 하지 못한 나의 말들이
눈 아래서는 전해진다는 것

봄마다 부르는 노래

○
○

봄이면 봄마다 나는 노래를 부르며
남쪽에서 흘러오는 구름을 본다
바람이 더 가벼워지면 진정한 봄

논두렁에 한 사람이 서 있다
작은 불꽃을 안은 민들레는
봄 속을 뛰어다니다 마을 밖까지 달려간다
그러나 내 노래는 그에게 닿지 않는다

그에게 전화를 걸고 싶다
아직 하지 못한 말이 너무 많다
꽃은 너무 빨리 지고
봄이 머무는 시간은 너무 짧다
그가 소리친다: 잘 안 들려, 안 들려

뇌성마비 환자의 혀 짧은 고백을 그는 알아듣지 못한
다

이렇게 많은 사람이 봄을 지나가고
그렇게 많은 꽃이 피어나는데도
내가 무슨 말을 하는지 그는 알아듣지 못한다

그래도 나는 봄이면 봄마다 노래를 부른다
바람에 흔들리는 노래는
슬프고도 달콤하다

중년

○
○

청명이 되면 나는 서른여덟
해 저무는 고향을 바라보는 마음은 바늘로 찌르는 듯
마을 어귀 옅은 안개가 흘러올 때 나는 귤밭에 앉아
가지 끝에 대롱대롱 매달린 병든 열매를 본다

민들레가 또다시 노란 꽃을 피우니
해마다 찾아오는 외로움이 다시 번진다
그리워할 수 있는 이는 점점 적어지고
마침내 세상의 각박함을 용서하게 되었다

옛 시절로 돌아간다면,
나는 분명 사랑했던 사람을 다시 사랑할 거야
아팠던 것을 다시 한번 아파할 거야

하지만, 나는 또 얼마나 갈망했던가
일 년 아니 한 주만이라도 아프지 않기를
봄바람 속에서 까치발로 빙글빙글 춤출 수 있기를

그가 보면 좋고 볼 수 없어도 그만이지만

내게 한 가지 소원이 있다면
그것은 아늑한 삶과 평안한 여생
봄날의 열차 안에서 누군가 내게 내어준 자리가
휘청거리는 이 몸 때문이 아니기를

황혼

○
○

저녁바람 속에 흐느적거리는
수많은 나를 본다
지금의 내 모습은
형식주의에 대한 저항이다
나도 내 마음을 도저히 따라잡을 수가 없다
그것은 끝없이 떠돌며
온기의 절정과 혹한의 바닥을 오가다가
결국은 작은 몸뚱이에 항복하고 만다
바람이 새는 몸은 비도 샌다

저녁바람 속에 흔들리는
수많은 나를 본다
먼 시골마을에서 고요히 서정抒情하는 나를
아무도 모른다
아무도 모른다
내 뱃속의 꽃송이와 새소리와 뱀의 허물을
아무도 모른다

풀 한 포기에도 기우는 내 사랑을
아무도 모른다
나만의 보물들을
수많은 내가 저녁바람 속을 걸어간다
헝덴 마을의 북쪽에서 남쪽까지
그녀들은 인사를 건넨다
잎사귀들, 밀이삭들과 개들—
모든 살아 있는 것과 죽어간 것들에게

묘지를 지나며

○
○

해질녘 별처럼 반짝인다
묘지를 거닐다가 불꽃처럼 타오른 나는
몸안의 비밀이 계속 커져
걷잡을 수 없는 불길이 된다
산들바람이 불을 살리기도 하지만
거세지면 나를 꺼버리기도 한다

그들은 흙을 사이에 두고 나와 마주본다
시간의 앞줄에 선 사람들,
먼저 잠들어 나 대신
반쯤의 생을 흙속에 묻고 있다
그래서 나는 허둥대며 묘지 밖에서
살을 깎고 피를 흘리는 것

번번이 직격타를 맞았지만 나는
끊임없는 속삭임에서 날카로운 비난을 찾으려 한다
바람만이 빈 술병 입구를 훑으며 울부짖는다

어둠이 내려 가까운 묘비마저 묻힐 때
돌연 텅 빈 듯 내 몸이
만유인력에도 꿈적 않는다

오월 · 밀

○
○

그들이 나를 포위한다
낮에는 불처럼 들고 일어나고
밤이면 물처럼 흘러내린다
그들이 사랑하는 것들을
나 또한 사랑한다:
들쥐, 귀뚜라미, 참새,
할아버지 옷을 입은 허수아비

나는 밀밭 한가운데 서 있다
이렇듯 간절하고 솔직하게
사랑의 도착과 떠남을 감당하며
가족의 도착과 떠남도 감당한다
낮은 처마는 이미 준비되었다
길 위의 밀이삭들이 비에 맞지 않도록

떠남이 곧 도착이 되고
나는 강가에서 몸을 씻는다

그녀는 단단하고 충만하며
달빛을 가득 머금었다
그것을 하나하나 꺼내본다

농부로서 나는
밀 한 톨을 향한 마음을 글로 풀기 부끄러워
그저 입에 넣고 우물우물
가을에서 여름까지의 과정을 천천히 씹어 삼킬 뿐

그렇게 세속의 근심이 채워지면
마음 편히 밀알을 향한
나만의 '역포위'를 완성한다

밀 한 포대

○
○

두번째,
그가 허리 높이까지 들어올린 그것이 미끄러졌다
그가 한숨을 내쉬며 말했다
"작년까지는 어깨 위로 들어올렸는데 일 년 만에 왜 안
되는 거지?"

세번째,
나는 그와 함께 한 포대의 밀을 그의 어깨 위에 올려놓
았다
내가 말했다
"아버진 흰머리가 한 올도 없는데
밀 한 포대를 들 수 없다는 건 말이 안 돼요."

사실 나는 알고 있다
아버지는 아흔이 되어도 백발이 되지 않을 거라고
그에겐 몸이 불구인 딸과 대학시험을 준비하는 손자가
있으니까

흰머리가 있다 해도
감히 삐져나오지 못할 것이다

밀밭이 노랗게

○
○

먼저 노래진 것은 집 앞의 밀밭
그다음은 헝뎬 마을
그리고 장한평원*

달빛 속에 고요히 서 있는 밀들
그들 사이의 아주 작은 마찰
그것이 곧
세상 만물이 서로를 사랑하는 일이다

이토록 광활한 세상에서 어떻게
하얀 알맹이 한 알을 찾아
들어가 살게 됐을까?

깊은 밤, 아버지가 달을 등에 지고 담배를 태운다
만 경頃 밀밭을 키운 그 등이

---

* 중국 후베이성 중남부의 장강과 한장강 사이에 위치하며, 중국에서 제
일 낮은 평원.

점점 좁아져간다

아버지,
당신의 행복은 황갈색 밀의 껍질이고
당신의 고통은 순백색 밀알의 심장일 테죠?

전 여기 내려앉을 수 있어 행복하답니다
파란 하늘 한 조각을 부리에 물고
날아가는 참새처럼

내가 원하는 사랑은

○
○

오월의 끝, 만물의 푸르름조차 덮지 못한다
산과 강물이 물러가도 당신이 온다면
또 한번의 환멸 속에서 익사하고 말겠지

그러나 매서운 달빛은 막을 수 없으니
비출수록 더 희어질 뿐
이제는 외모로 당신을 기쁘게 할 생각이 없어
당신의 동정을 구걸할 이유도 이젠 없는걸:
나는 내 몸안의 녹슨 얼룩을 사랑해
당신보다 더

오랜 시간, 당신을 등지고
낮게 떠 있는 뻐꾹새를 바라보았지
하늘은 모든 새들의 지저귐을 선물로 삼았기에
이 경이로운 푸르름을 펼칠 수 있는 거야

그런 하늘이 나를 덮고 점점 더 조여오지만

나는 여전히 심장이 있는 왼쪽 가슴을 비워
당신을 사랑하려 해
믿기지 않겠지만

어둠이 내린 8초

○
○

슬픔은 아직 가시지 않고
달콤함은 다 열리지 않았다
어쩌면 그 반대일지도

한 치 앞을 모르는 밤길이지만
그녀는 어둠에 깊은 신뢰를 건넨다
고질병들이 밀려나고
죽기 살기로 달려든 제목들이
진실을 덮고 거짓도 묻어버린다

아, 이렇게 요동치는 세상에서
달려오는 열차를 허락하지만
더 짙은 어둠이 끌려나온다
한 여자의 사랑은 그리 쉽게
잴 수 있는 것이 아니다
어둠이 내린 8초,
이것이 허튼소리 중에 가장 중요한 말

아무것도 준비되지 않았다
준비라는 말을 꺼내는 순간 그녀는 얼굴이 빨개진다
우리 폭도들은 8초 후의 밤을 이미
어설픈 함정으로 만들어버렸다

유혹

○
○

이 새벽
봄을 벗어던진 그가
꽃을 닫고 빛도 닫은 채
가을 깊숙이 걸어간다

낙엽이 어깨에 내려앉으니
그 전율이 유혹이고
그의 침묵 또한 그렇다
노을이 발목을 감싼다
휘어진 빛이 유혹이고
그의 미소 또한 그렇다

황혼 속에 강물로 들어가
피부의 얼룩을 씻는다
그것조차 유혹이다

나무상자를 열자

그를 향해 날아드는 나비와
벌과 그 안에 지어진 벌집들
그의 무표정 또한
유혹이다

오월

○
○

약동하는 만물 속
목동이 산골짝을 열자
양떼와 호랑이 한 마리가
맞서는 장면이 열린다

슬픔이 밀려올 정도로
대지는 너무나 광활하다
하늘에서 물구나무로 걸을 수 있지만
나는 그렇게 하진 않는다

내 몸안의 번개를 뽑아내고
어둠을 들이는 방법은 없을까
우리가 헤쳐왔던 모든 길이 귀로가 되어
달빛의 매서운 세례를 받아주길

나는 반드시 어떤 소란으로 너를 대하고
대등한 침묵으로 나 자신을 마주할 것이니

만약 한 알의 밀에게
밤새 따라잡힌다면,
그건 부끄러울 만큼 행복한 일일 것이다

오랜만이야

○
○

너를 보러 갔을 때는 봄날
포플러나무의 새순들이 주먹을 불끈
무서운 일격을 준비하는 듯

나는 빙빙 돌며 날아오는 잿가루를 떨어냈다
시간의 재, 물의 재, 담배의 재 할 것 없이

내 육신은 나를 드러내지 못한다—그럴 필요가 있다
그때 너는 끊임없이 비틀거렸다
얌전한 중늙은이가 무심결에 흘려버린 뜻밖의 면모처
럼
되레 가엾게 느껴졌다

우린 지금 무엇을 하고 있는가
이쯤 와서도 함께 힘을 모아
가을 저편에 매달린 열매 하나를 따내지 못하니
아, 지나간 시간만 억울할 뿐이다

내가 나를 너무 방치했다:
사랑보다 더 철저한 망각
너를 잊었고, 다시 사랑하는 일도 까맣게 잊었다
해를 넘겨도 떨어지지 않는
저 까만 껍질의 귤만을
그리워했나보다

출구

○
○

그녀가 반했던 밤은
여러 해가 지나고 텅 비어버렸다
밤하늘은 여전히 낮게 떠 있지만
이제 그녀는 다시 가슴에서 별을 꺼내지도
깊은 연못을 꺼내지도 않는다
삶은 한층 더 거칠어지고
찬장 안의 사기그릇은 더이상
홀로 쟁그랑거리지 않는다

슬픔도 줄고 덧없는 아름다움도 사라졌다
그녀가 멈춘 자리에는
무너진 탄광, 버려진 여자가 있다
별빛만은 그토록 고요하게 아름다워서
이것들에게 던지는 부정조차도 부드럽다

거대한 소용돌이 속에서
그녀는 늘 맞서는 쪽을 택한다

모든 수정은 허영일 뿐
아득하기에 허영 자체가 자신에 대한 부정인 것을

하지만 그녀의 가녀린 몸은
언제든지 빼낼 수 있다
만물이 물러가는 이 밤은
그녀에게 널찍한 출구를 남겨주었다

꿈에 눈이 내렸다

○
○

팔천 리 눈길이었다
나의 성城에서 너의 성까지
나의 자수천에서 네가 묵는 여관까지
이 허세 가득한 흰빛이여!

버려진 광산은 더 깊숙이 파묻혔고
잊힌 어두운 강으로 흘러들었다
황야의 수풀 속 말뼈가 들어올려지고
하늘은 끝 모를 구멍처럼 깊기만 하다

독한 술 세 사발로 육신 속의 흰 것을 눌러앉힌다!
부질없는 인생사에 지쳐
묵은 은원 속으로 붓 한 자루 박아넣고
맨 걸음으로 남쪽을 향한다

지금 내겐 여러 개의 분신이 있다
하나는 꿈속에서 너의 흔들림을 바라보고

하나는 꿈속의 꿈속에서 너를 따라 흔들리고
또하나는 묵묵히 그 흔들림을 붙잡고 있다

오후

○
○

햇살이 스러지고 하늘이 흐려졌다
피곤한 기색이 지붕 타고 내려온다
점점 더 깊이 파묻힌 나
마치 광산이 다시 땅속으로 회귀하듯
황금색 슬픔도 그 빛을 거둔다
시간의 회전 속에, 마음속의 불길을 움켜쥔다

참새가 평범한 낱말 위에 앉아 지저귄다
작은 혀를 번뜩이며,
거대한 고요에도 압도되지 않는다
이 인간 세상의 밑바닥에서 붉은 옷을 입고 있는 나는
마치 버려진 한 알의 주사朱砂와도 같다

어디서 왔는지 모를 이 슬픔은
반드시 왔던 곳으로 돌아갈 것이다

아버지가 집밖에서 장작을 패고 있다

그는 끝내 그 새어나오는 깔때기를 막지 못했고
그 흔들림은, 인간 세상에 비친 나의 그림자였다

세상은 알고 있다
하늘에 흐르는 물이 소리없이 뒤척이는 것을
땅에 흩어진 나의 도꼬마리들이 몸뚱이의 가시들을
자신의 고기와 피 속으로 다시 돌려놓고 있다

나는 여전히

○
○

너와 함께 보고 싶다: 복숭아꽃, 배꽃, 모란과 장미
너와 함께 듣고 싶다: 처마밑 빗물 소리, 산골짝 시냇
물 소리
그리고 새로 돋아난 잎사귀에 떨어지는 이슬방울 소리
함께 비를 맞으며
너의 어깨에서 튕겨오르는 인간 세상의 땟물이
내 눈에 떨어지는 걸 보고 싶다

하나의 봄이 지나갔다
나는 그저 이 조그만 마을에서
키 작은 식물 몇 그루를 가꾸고 있을 뿐
새 잎사귀가 한 장 한 장 펼쳐지며 서로 몸을 부딪히고
또다시 튕겨 돌아오는 모습을 보고 있다
마치 내가 너의 옷자락을 잡아당겼다가
떨리는 손끝으로 놓았던 순간처럼

너에게 선물을 안 보낸 지 오래다

그 싸디싼 작은 선물들이
마치 꼬부라진 강아지풀처럼
너의 책상 위에 널부러져 있었지
심술 부리듯

다행히도 너였으니 망정이지
네가 아니면 이 세상 누가
나 같은 여자의 심술을 감당할까

다음 생엔 너의 이웃이 되게 해줘

○
○

만약 내가 창가에 초록 손수건을 걸면, 너는 알 거야
저녁에 내가 작은 술집으로 갈 거라는 걸
너는 휘파람을 불며 내 앞에 앉겠지
술집의 플루트 소리가 정원의 해바라기들 속으로 흩어
질 거야
그 황금빛 알갱이들이 네 옷자락에도 몇 쯤 매달려
있겠지
오, 다시 태어난대도 난 좀 거친 여자가 되리
슬픔이 눈가에 떨어진 모습조차 우스꽝스러워 보이니
까

젊은 때 우린 좀처럼 만나지 못해
나는 네가 품고 있는 하늘이 낯설고, 너는 내가 걸어놓
은 별들을 몰라
나는 분명히 누군가를 짝사랑할 테지만, 그가 너인 줄
몰랐을 거야
나는 분명히 이름 하나를 덥히고 있었을 테지만, 그게

네 이름인 줄 몰랐을 거야
　중년이 되어 발걸음을 늦추니 익숙해졌고
　가끔은 마을 술집에 앉아 있을 거야

　너의 정원에는 꽃과 나무가 있고 가끔은 낯선 여자가
찾아올 테지
　나는 혼자 술을 조금 마시고, 살짝 취한 후 너에게 술
을 더 달랠 거야
　나는 좀 촌스러운, 철부지 여자야
　마음속에 천둥을 품었지만 비를 뿌리지 못하는 여자
　어쩌면 어느 날, 두어 잔 마시고 난 후 네가 물어볼지
도 몰라

　— 평생 한 번이라도 울어본 적 있나요?

비 내리는 봄밤

○
○

너를 어떻게 사랑하면 좋을까?
그칠 줄 모르는 비는
전생부터 내세까지 이어질 듯

유독 이번 생만 지나쳤으니
어떻게 너를 사랑해야 할까?
바람에 세월의 경번*이 휘날린다
가까이 갈 수도 멀어질 수도 없다

그칠 줄 모르는 비는
경번을 적시고 범음**을 적신다
한 여인의 우여곡절 많은 사랑도 적신다
인연이 유독 이번 생만 지나치도록 허락한다
사랑은 끝이 없고 정도 마르질 않는다
바로 이런 오후에

---

* 經幡: 티베트에서 안녕과 평화를 기원하는 다섯 가지 색깔의 깃발.
** 梵音: 불경을 외는 소리.

까치가 나뭇가지 위에서 지저귄다
다녀간 그대를 축하하듯
그대의 시선 속에 내가 다시 한번
인간으로 환생하는 것을 축하하듯

밤이 되면, 내게서 대낮의 열렬함은 사라지고
한 마리 뱀이 되어, 심장을 힘껏 후려갈길
너를 기다린다
그런 나를 기다리는 건 분신쇄골일까
아니면 환골탈태일까

선물

○
○

해질녘을 좋아한다
공기 속의 어둑한 향기도
은은한 종소리도 좋아한다
나무 안에서 울려퍼져 나오는 듯
새의 날개에서 흩어져 나오는 듯

파랗고 밝은 슬픔도 좋아한다―
구름 속에서 천천히 떨어지는 빛

내 몸안에서 부서지는 소리와
그것이 아물어가는 과정도 좋아한다
―그 슬픔과 기쁨이 번갈아 오는 속에
탄생하는 새로운 비밀을

심지어, 이 가망 없는 인생조차
내가 사랑하는 것은
멀리서 네가 손을 흔드는 모습이

세상 만물을 자라게 하는 명령이 되기 때문이다

제3장

○
○

나는 아픔으로 세상을 기쁘게 해

○
○

내 몸을 알아차렸을 때,
그것은 이미 늙어 있었고
되돌릴 힘은 없었다
위, 팔, 다리, 손가락
통증이 여기저기 들락거린다

살면서 온갖 악행만 저질러온 건 아닌지
피어난 꽃들에게 모진 말을 내뱉고
어두운 밤에만 현혹되어
아침을 외면해온 건 아닌지
의심하지 않을 수가 없다

다행히도 어떤 아픔은 생략할 수 있다
버림받는 것
혼자 남겨지는 것
기나긴 쓸쓸함과 마주하는 것
말하기조차 부끄럽다

그것들에 대한 내 사랑이 정말로
한없이 부족했던 건 아닐까

마을길 산책

○
○

마을 한가운데서 북쪽으로
'헝뎬' 매점에 들렀다 돌아오는 길은
더 많은 사람, 더 많은 차를 만나지 않는 길

대야 속 물방울 하나
이쪽에서 저쪽으로 굴러갔다가 다시 굴러오면
녹슨 부분이 드러나지 않을지도

떨어질락 말락 하늘가에 걸려 있는 석양
너무도 커서, 꼭 목구멍에 걸린 듯하다
인간 세상의 잡초가 그 황량함으로 물들어간다

나는 걷는 속도를 바꾼 적이 없다
때로는 소나기가 감정의 길목에서 기다리기도 하지만

외로운 피 한 포기가 내밀어준 어깨에 기대어
떨면서 내뱉는 깊은 슬픔이여

갈림길 마을

○
○

결국 나는 일찍 도착해서
당신의 중년이라는 겁劫에 복선을 깔아놓았지

이 낯선 도시에 해가 무겁게 지고
당신이 달고 온 바람엔 고향 냄새가 물씬
음, 난 고향이 그리워 당신을 찾은 거야
여관 앞 가을빛에 고개 숙인 해바라기
난 계속 수수께끼를 늘어놓고
당신에게 맞혀보라고 했지
해바라기 한 송이에서 가장 알찬 씨앗을 찾으라 했지
인생은 길고도 길어
당신은 매번 일부러 틀리게 맞히곤 했어

우리는 얼마나 많은 갈림길을 걸어왔던가
쓸쓸한 늦가을이 되어서야 우린 비로소 마주쳤어
난 이미 준비해놓았지
숯불, 술, 단순한 날들

그리고 당신이 원하는 자식 한 두엇

바람 속에서

○
○

바람은 그칠 줄을 모르고
허리 속까지 불어든다
육체는 정착했지만
영혼은 끊임없이 맴돈다
영혼을 말하자니 내 뺨이라도 때리고 싶다
이 허무한 물건, 이 육신의 숙적

유언비어, 그치지 말 것
육욕肉欲, 멈추지 말 것

너의 마음을 홀리는 건 오로지 만물의 자세뿐
고요히 멈춘 그것들은
먼 마음을 내려놓고
바람 속에 똑바로 서 있다
그림자만 흩어지고 쓰러진다

서리를 걸기엔 너무 낮고 가녀린 띠풀

떨림은 추위도 저항 때문도 아니었다
서리가 비틀비틀 마음속으로 돌아올 때
비로소 되찾고 싶어진다
너무 늦어버린 흰빛을

왼손에 떨어진 달빛

위슈와 지음 | 힌율 옮김 | 교유서가 2026

눈

○
○

자정부터 내리기 시작한 눈은
한 사람의 뼈에서 안쪽으로 떨어진다
그녀의 하얀 불면증은 소복소복 쌓이고
"사랑은 또 한번 황당무계함에 빠져들었는데
속세에 드리워진 그림자는 얄팍하기 그지없다"

불면증은 가장 깊은 잠, 그리움은 더 요원한 이별
이 가없는 세상에서 만남은 널뛰기와 같다
이생은 이쪽 다음 생은 저쪽

자정부터 새벽까지 내린 눈으로
만물이 부러지는 소리를 들었다
강물이 몇 토막으로 끊어지는 소리도 들렸다
"못 올 거 같아. 중년이 되면 느린 법
선술집에서 아직 잠자고 있을걸"

그들의 약속과 자식은 모두 꿈속이다

바람을 등지고 해를 마주했다
꿈에서 다시 꿈으로 들어가기 위해
그녀는 천천히 약을 달였다
당귀*는 빼버린 채

밤이 되면 눈사람을 만들 수 있다
그녀는 눈을 심고, 입술을 빚고
불룩한 배를 만들어주었다
눈사람이 말을 걸어온다면
사투리에 그녀가 깜짝 놀랄지도 모른다

---

*   當歸: 한약재 이름. '돌아온다'는 귀환의 뜻도 있다.

들백합의 신뢰

○
○

들백합 한 송이는 비밀통로,
만지는 자는 다 사라진다
들백합 한 송이는 솟구치는 샘물,
다가오는 자는 다 잠겨버린다

오월에 섞이고, 약동하는 만물에 스며들어
무장해제의 위험을 한 발씩 들여놓는다

하지만 들백합의 열리는 그곳은
또다른 닫혀버린 경로인 것을
바람 속의 흔들림을 멈출 확신을
아무도 주지 않는다

오, 그대는 쉽게 사랑을 말했지
하얀 봄셔츠처럼, 달빛을
하늘로 되돌려보내려 한다
양 한 마리가 일부러 길을 잃고

온 초원을 다 헤집고 다니니
목초를 찾는 일은 양치기의 몫이다

흐트러진 오월, 꽃송이가
고함을 지르며 하늘로 올라간다
강물은 세차게 흐르지만
요란한 정적일 뿐이다

이런 결과를 알고 있었다

○
○

다음은 황혼, 그다음은 밤, 점점 더 깊어가는 밤
한 여인이 집을 나가버린다: 목화밭과 연못,
갈수록 무덤이 늘어나는 공동묘지를 지난다
─속세에 목을 매는 방법을 알면
팔다리를 물구나무 세우는 방법도 알 것이다
(물구나무서기는 은유가 아니니 추측하지 않아도 된다)
오, 그런 고난은 적당하리만치 겪었다
봄으로 만들어진 꿀도 충분하다
내 말은, 몸 밖의 고난과 불평이 점점 많아지고 있다는
것
아픔을 내주는 것도 부끄럽고
냉정함을 유지하는 것도 창피하니
내가 똑바로 서든 굽히든 결과는 같다
네가 보게 되는 부위 역시 같다
만약 내가 강에서 행방불명이 된다면
침묵해주길 바란다
다만 예정된 시간에 새벽을 꺼내주길

물거미가 연못을 헤엄치고

○
○

나는 멈췄다
낫은 손에 들려 있고 풀은 해질녘에 미동도 않는다
—내 말은, 물거미 한 마리가 막 물에 들어갔을 때 봤
다는 거다
건너편 기슭을 향해 헤엄쳐 가는 것을
추호의 망설임도 없이 재빠르게
물거미가 엎드린 수면은 파문 하나 없는 유리
하늘과 구름과 나무 그림자가 박힌 유리
나라면, 반드시 멈췄을 것: 그것들은 나를 유혹할 수
없으니까
왜 왔는지
하지만 물거미는 그런 의문에는 관심이 없을 거야
이미 여러 번 왔다 간 것처럼
—바람이 멈추는 시간까지 계산해놓은 것처럼

나의 가려진 부분을 못 봤을 뿐

○
○

봄날에 나는
꽃송이와 불꽃과 절벽의 수관을 들어올린다
그러나 비 속에는 여전히 적막의 울음이 있어
둔기처럼 저녁의 구름을 내리친다
매번 사랑할 겨를도 없이 깊이 빠져들곤 했지
너의 이름은 내게 물어뜯겨 피를 철철 흘렸지만
어둠의 봉인은 열리지 않았다

가벼운 것들이 나를 멈추게 한다:
미인초, 검은 나비, 물에 비친 그림자
내가 말한다: 안녕, 모두 안녕
몸을 굽혀 사랑을 전하니 부디 받아주렴
하지만 난 현혹되지 않았다, 단 한 번도
가장 깊은 밤에도 내일의 갈 곳을 아는 강물처럼

하지만 결국 나는 용서하지 못할 것이다
이렇게 너를 완벽하게 지켜낸 나를

그 허상들은, 네가 모르는 게 낫다
세상 먼지를 얼마나 뒤집어써야
한 여자를 가릴 수 있을까
피투성이가 되어도 여전히
반짝반짝 빛나는 한 여자의 사랑을

호숫가를 거니는 여인

○
○

구름은 호수 위에
그녀는 구름 위에
나무 그림자는 그녀의 등에
이 적갈빛의 시간, 진흙 같은 시간
얇고 바삭해서 건드리면 부서질 듯한 이 시간이
그녀 앞에서 휘청거린다

몸에 술잔이 없으니
바람을 담을 순 없다
여러 해 동안 그녀는 휘청거리지 않았다
어젯밤의 빗방울도
치맛주름에 가두지 않았다
걷고 걷다보면 나무 속으로 스며들어
가지 끝에 매달리곤 했다

휘청거리는 사람들은
아무도 눈길을 주지 않는다

빈 술병 같은 여자에게
그리고 한 병의 술이
어디에 쏟아졌는지
아무도 신경쓰지 않는다

들판을 나는 까마귀

○
○

까마귀가 왔다갔다, 날씨 따윈 전혀 관심 밖이다
그 몸안에는 봄, 여름, 가을, 겨울이 있다
북풍만이 거세게 불고 있는 이때는
남천*을 부끄러워하고 색채를 숨기려 든다
날개만 있으면 충분하니까
생명의 이동 혹은 부동, 낭비인 건 마찬가지다

들려오는 소식은 흰색이다
예를 들어 폭설이나 죽음
몇몇 슬픈 사물은 자못 장엄하다
한번 언급되면 시시비비가 생겨난다
과정이 더뎌질 수만 있다면
강아지풀 안의 질서까지도 찾아낼 수 있다

이른봄, 한파가 닥치기는 처음

---

* 南遷: 남쪽으로 이동함.

나는 모든 말을 쏟아냈고 반복해야 하는 치욕에 직면
한다
　바람이 다시 불어와도 그것은 사라지지 않는다
　물밑에 견고하게 잠겨 있는 신앙 같은 것

　지상에서 나무로 또는 나무에서 지상으로
　먼저 계산된 부분을 그녀는 생략했다
　성별, 대상 그리고
　또다른 까마귀가 들판을 날아올랐을 때
　생겨난 짧은 기류까지도

벌판에

○
○

나무 한 그루가 없는 건 아니다
집 한 채 없는 것도 아니다
열차가 지나가면, 많은 집이 뛰쳐나온다
움직이는 것들, 개미, 돼지, 길 잃은 까마귀
시끄러운 곳도 인간 세상, 한적한 곳도 인간 세상
이 꽃샘추위의 벌판에는 비가 내리고
밥 짓는 연기는 구불구불 올라가다
금세 흩어져버린다

아침 안개가 자욱하다. 열차가 작은 역에서 멈출 때
그는 자기 집 뒷문을 몰래 빠져나오는 여자를 보았다
바람에 휘날리는 붉은 치마
그녀의 미간에 자리한 붉은 흉터, 아름다움과 파괴가
선명했다
그녀가 나무구멍으로 들어간다
나무 안에서 안개가 피어오른다
그는 알 리가 없다

그녀가 방금 나무구멍 안에서 완성한 그림을
자욱한 안개와 노란 열차
남자가 담배를 피우며 창밖을 내다본다
그의 눈에는 나무만 보였다. 매번 그랬다
남자에게 맞아 온몸이 상처투성이가 되면 그녀는
나무구멍 속에 숨어 그림을 그린다

많은 물이 모여

○
○

그 많은 물이 모이면
푸른 하늘이 무너져내린다
그녀는 믿고 있다
바다 밑에는 흰 구름과 햇살이 떠다니는
또다른 하늘이 있다고
악담과 관棺은 서로 사랑하듯
정수리와 발바닥을 붙이고 있다가
가슴 어귀에 커다란 봉우리 하나를 밀어올린다
그녀가 올 때는 말을 했지만 돌아갈 때는 말이 없다
침묵은, 잊고 잊히는 지름길
꽃은 지고 푸른 뱀은 거꾸로 매달린다

한 사람을 만나면 삶이
마침내 안식을 얻을 줄 알았다
마치 물이 물로 되돌아오는 것처럼
그 과정에 흔적은 남지 않는다
죽음은 유혹이고 생도 마찬가지

하룻밤이 지나면 수면은 다시 고요해지고
그녀가 사랑하는 사람은 뱃머리에서 달콤한 입맞춤을
한다
그들은 펼치고 또 펼친다 물이 물을 여는 것처럼

많은 물이 모여든다
영원히 마르지 않을 것처럼
뒤집힌 하늘만 있을 뿐, 뒤집힌 바다는 없다
갈매기 한 마리가 날아와 모래사장에 박혀 죽더니
금방 자취를 감췄다
마치 한 번도 날아본 적이 없는 것처럼
그림자를 수면에 남겨둔 적이 없는 것처럼

청명 제사

○
○

점심 후에 부모님은
외할아버지 산소로 향한다
따라나선 나는 갈림길에서 멈춘다
외할아버지를 못 본 지 여러 해가 지났건만
이번에도 가다가 멈추고 만다

멀어지는 부모님 손에
무덤에 바칠 종이 제물이 반짝반짝 빛난다
햇살 좋은 날, 유채꽃도 만발했다

아름다운 유채꽃도 오래 피면 향기가 옅어지고
봄마다 찾아오는 슬픔도 희미해지는 듯
―몸속에 뿌리 깊은 노예근성을 사랑하게 되었다

꽃 한 송이를 입에 넣고 씹을 때
고압전선 위, 일하는 사람들이 보였다
모기처럼 거기에 붙어 있으면 퍽 하고

떨어지진 않을 거라고 생각이 드는 순간
묘지에서 요란한 폭죽소리가 들려왔다

헝덴 마을의 깊은 밤

○
○

지금, 우리는 또다시 봄날로 빠져들었다
비가 많고 화사하여 평범하기까지 한 봄
내가 그런 봄을 사랑하는 것은
대지 위에서 매번 인내하며
다시 부활하는 모습 때문이다

그러나 헝덴 마을의 봄은 슬픈 것
우리의 모든 꽃송이들이
오로지 불확실한 열매를 위해 피어나다니
빗방울에 살구 꽃잎이 떨어지는 소리만 툭툭

그렇다. 그들은 떨어질 때만 소리를 낸다
언니야, 그거 알아? 봄날에 나는 눈먼 사람일 뿐
아무리 더듬어도 만져지는 건 봄이 내뿜는 콧김뿐

오랜 세월 나는 절망 속에 살았다
낙화처럼 물위에 둥둥 뜬 채로

언니야, 이 마을은 나를 품어준 적도
방 한 칸을 내준 적도 없어

이런 밤에 시간의 못이 내 몸안에서 뽑혀나가니
두렵고 슬프기만 하다
하지만 말할 힘조차 없는 것을

너와 나는 종이 위에

○
○

가냘프다
찌르면 터지고 톡 치면 부서진다
나는 아무것도 정하지 않았건만
결과는 이렇게 정해졌다
가을바람이 거세다

길은 갈수록 험악해지고
밤늦게까지 걸음이 멈추질 않는다
중년의 은유는 복잡하게 꼬여 있어
입 밖으로 내는 순간 엉켜버린다

그림을 사랑하는 사람에게는
낙엽이 있고 가을 열매가 있다
내가 다 보여줬음에도
그가 보지 못한 것은:
귤 바구니 밑에 묻힌 다른 것들
그는 거칠고 친절하며 자비롭다

오, 나는 그가 위태로워지기를 바란다
그리고 그 위태로움이 내게 미치기를

초원의 바람

○
○

바람은 초원에서 불어와
너의 도시를 쉬지 않고 맴돈다
바람소리는 눈부신 달빛 아래 구슬프게 들려오니
많은 일들은 겪기도 전에 과거가 된다
도망자들은 수염 하나 남겨두고 거리를 어슬렁거린다
꺼내려던 찬사들을 억지로 가슴 안으로 삼키니
이 또한 아프고 나면 다 지나가리라

바람이 초원에서 불어와
도시를 통째로 바람 속에 가둬버리니
보고 싶은 것들은 다 가려진다
얼마나 많은 사람들이, 살아본 적 없는 생을 마감하고
있을까
그는 동그란 담배연기를 천천히 내뿜고 천천히 말했다
사투리의 거친 부분을 저음으로 뱉어낸다
그는 아픔을 말하지 않는다
바람이 지나가면 흔적조차 없어지니까

치자꽃이 피고

○
○

흰빛도 향기도 재난이 되는 계절이다
숨어 있던 소리들이 하나하나 밀려오고
한층 한층 쌓이고 다시 흩어진다
그래, 할말이 없다
흰빛은 색채가 아니라 몸짓인 것을

해마다 어김없이 불쑥 찾아오는 돌올함: 존재가 곧 표
현이다
어차피 현란하고 어차피 도래한다
어차피 서서히 시들어가는 고독을 짊어져야 한다:
눈부신 고독, 뒤돌아보지 않는 고독

폭발적인 그 힘은 어디에서 오는가
달빛에 관심 없는 그것은 언제나 열려 있다
그렇다, 자신의 몸을 두들겨 쪼갠다
아파서 소리조차 지를 수 없는 힘
그 뿌리에서 위로 타오르는 불꽃,

잎사귀에서 떨어지는 물
그리고 그것을 바라보는 만물의 눈빛은
몽땅 하얀색이다
거침없이 하얗고 죽도록 하얗기만 하다

무제

○
○

내게로 올 수 있겠니
내 안에 시든 것들을 쓸어주러
마른 꽃잎은 뜯어버리고 누런 이파리는 잘라줘
그러나 가지는 그대로 둬
한때 향기로웠던 길이니까

—내 여생을 너에게 맡기고 싶어
이 쪼글쪼글한 마음도 함께
나를 탓하지는 말아줘
이 만남을 위해 우리는 한생을 걸어왔으니까

시간이 많지 않으니 잠을 아껴야겠어
네가 지나온 강물과 산과 이른아침
네가 거쳐온 사람들을
다시 한번 내게 얘기해줘

—네가 사랑했던 모든 것을

내가 한번 더 사랑하고 나면,
그때에야 비로소
꾸벅꾸벅 졸기 시작하겠지
미움 한 점 없이
고요히

오월, 뼛속까지 푸르게

○
○

치맛자락,
그것을 감아올린 바람 한 올,
하나의 눈빛,
스쳐간 손끝,
우연히 놓여 있던 가능성 하나,
한 번의 작은 실수
심지어 가벼운 탄식에서 시작되었는지도 몰라

호수가 내 앞길을 비추도록 허락하노니
슬픔을 마음껏 드러내보길!
오, 슬픔, 이 유혹, 이 순수함
지난 과거를 깡그리 지워버린 신이시여

이 모든 건 너무나도 당연한가, 해질녘의 붉은 하늘과
물 한가운데 흔들리는 푸른 마름풀 그리고
풀바구니 위 책장이 바람결에 넘어가는 소리
이런 푸름에게 내 자신을

남김없이 내어주는 건
대체 어떤 집착일까.

계단에 풀은 무성하고

○
○

지는 해가
늙은 회화나무 아래로 내려앉아
그녀의 꽃신을 비춘다
흐려진 모란꽃은 풀속에 묻혀버렸다

그녀는 계단에 걸린 치맛자락을 끌어올렸다
황혼과 호수의 잔물결도 함께 딸려오듯
오, 호수여—
오직 그의 그림자만이
물결 위에서 흔들리고 있었다

바람이 뒤적이는 일기장,
구겨진 53페이지에서
그는 담뱃재 한 토막을
그녀의 손목 위로 툭 떨어뜨렸다

"내 몸이 흙으로 돌아가는 방식 따위,

이젠 상관없어."
그녀는 중얼거리며
고개를 들어 먼 곳을 바라보았다

묵은 연초향이 은근히 흘러와
늙은 회화나무를 감돌고,
오십 해 동안 단 하나의 약속만 붙들다가
휘어진 그녀의 몸을
둥글게 스쳐지나갔다

흰 달빛

○
○

빗줄기보다 더 사납다
내리치고 두드리며, 살기등등하게 달려드는 달빛아—
어떻게 더 흴 것이냐
어떻게 더 요란해질 것이냐
어떻게 더 찢고, 어떻게 더 아프게 할 것이냐
숨기지 않으면 초라함만 더 선명해진다
지구가 이쪽에서 저쪽으로 돌 때면
또 어떻게 비출 것이냐고

지은 죄도 이렇게나 희다
뒤틀릴 만큼 희어지기 전엔 포기도 않는다
칼을 들어라—
나는 피하지 않으리라
산도 무너지고, 강물도 마를 때가 있거늘
누군들 발버둥치다 탕진하는 생이 아닐까
누군들 젊어선 거드름을 피우다가
늙어선 속절없이 놓아버리는 생이 아닐까

오, 이 두려운 빛이
허망함을 자꾸 몰아세운다
속세의 사랑을 한 번쯤
요란히 터뜨려보고 싶었는데.
그래, 실컷 비웃어라
달빛에 뼈를 담그는 찰나조차
너는 끝내 가져보지 못할 테니

신이 내린 하루

○
○

나팔꽃은 모든 푸름을 울타리 위에 걸어둔다
멀리서 불어오는 바람에
풀과 나무가 우거진다
하나하나의 맛이 내 몸에
촉촉하고 달콤하게 스며든다

그때 나는 드넓은 들판에서
너의 도시가 반사하는 빛을 보고 알았다
네가 사과 한 바구니를 들고
막 길을 건너고 있다는 것을

모든 힌트가 여기 있다
신이 내린 하루:
너와 내가 이 세상에 안주할 때가
얼마나 소중한 선물이었는지

가을

○
○

편지는 오지 않았다
뜰 안의 오동나무는 잎사귀를 다 떨구고
가을매미는 울음만 처량하다
나는 여전히 커다란 잎사귀에
쌀알만큼 작은 글씨를 쓰기 좋아한다
내 안의 사랑은 여전히 커서
낮아지는 내 몸 따라 작아지지 않는다
그는 여전히 불빛 찬란한 그 도시에서
여러 여인들을 사랑하며 살겠지
고만고만한 온정과 상처를 겪으면서
사람들이 그를 말하면 나는
다 지난 얘기라고 치부해버린다
가을바람이 뜰을 한 바퀴 돌고 사라진다
나는 여전히 매일같이 뜰 안을 청소한다
아직 인간 세상에 존재하는 그를 떠올리며
아주 정성껏 쓸고 닦는다

용서해줘, 시 쓰는 나를

○
○

그리고 멈추지 않을 이 길을

나의 시는 나를 위로하기 위한 것
너와는 아무 상관이 없어
나는 상처에는 상처로
어둠에는 어둠으로 맞서왔으니까

부디 용서해줘
부끄러운 동정 따윈 필요 없어
이 세상에서 내가 믿는 것은 단 하나
내 곁의 작은 토끼들
그 하얀 빛만을 믿을 거니까
그들에게 슬픈 죽음 따윈 없어

시인이 아니어도 나는 먹고 자야 하고
억울할 땐 울부짖어야 해
그러니 나는 믿을 수밖에

차라리,
악다구니를 쓰는 여자로 사는 것이
위선자보다 낫다는 것을

구월, 달은 높이 뜨고

○
○

고향으로 돌아온 이들은
고향보다 더 흰 달을 가졌다
더러는 길 위에서 헤매다가
끝내 집에 돌아오지 못했다
마을에 남겨진 여인들은 빠르게 늙어갔다—
안심될 정도로
대추나무는 이슬에 젖어
하나둘 꺾이고 말았다

마을은 누렇게, 끝도 없이 누렇게
죽었는지 살았는지도 모르게 누레졌다
어떤 이들은 누레진 채로 사라졌다
나는 그들 뒤를 따른다
흙먼지가 계속 피어오른다

달빛은 너무도 희다
희다는 것 빼고는 할일이 없다

얼마나 많은 사람이 뼛속까지 희어지고
궁지에 허옇게 내몰렸던가

구월은 언제나 눈시울을 적신다
들판은 다시 곡식을 키워내고
잡초는 무덤을 감싸며
무성하게 자란다

달은 얼마나 많은 목구멍으로 삼켜졌던가
내 차례가 되었을 땐 이미 혈흔으로 얼룩졌지만
나는 삼켜야 했다

그것은 내가 아직 땅 위에 서 있다는 증거
그러니 고개를 빳빳이 들어야 한다
하늘에 걸린 그것을 바라보아야 한다

황혼 무렵

○
○

뜰 안의 인동은 이제
꽃을 피우지 않는다
꽃이 피지 않는 시간은
그윽하고 다정하다
덩굴 꼭대기에서 저녁햇살이
무심한 듯 쏟아져내린다

바람도 무심한 듯 잎사귀를 잡아당기지만
무언가 뜯어낼 생각은 없어 보인다

오, 내 사랑은 덩굴 옆의 말라버린 잎사귀들
—덩굴의 잎사귀가 아니다
빗물과 화염을 겪은 그들은
경맥이 투명하다

이제 나는 안다
더이상 꽃을 피우지 않아도

나무 한 그루가
이토록 푸르를 수 있는 까닭을

한밤의 두 가지 소리

○
○

내 깊은 밤엔
두 가지 소리만 들린다
원귀의 울부짖음과
위슈화의 비명

내가 사랑하는 건 두 남자뿐
하나는 이미 떠나갔고
하나는 아직 오지 않았다

나의 아침에는 두 줄기 빛이 스민다
한 줄기는 시 쓰는 나를 비추고
한 줄기는 목욕하는 나를 비춘다

활엽수림

○
○

나는 잎 하나 남지 않은 숲을 좋아한다
숲에 희미하게 남은 가을을 좋아한다
심지어, 이곳에 빽빽이 깃든
알맞게 익은 슬픔마저도 좋아한다

이곳은 후베이성의 알려지지 않은 마을
나무들만 빼곡한 숲이다
그 많은 가을의 오후에 나는 혼자 이곳에서
조각난 하늘을 올려다본다

나를 사랑한 적 없는 그 사람을 그려본다
공중에 매달려 휘청거리며 제멋대로였던 나를,
멈춰 서서 응시할 수밖에 없던 푸르름을 그려본다

땅 위에 낙엽은 점점 줄어들고
밤마다 나는 발끝으로 툭, 무엇인가를 건드린다
이런 의미 없는 괜한 짓도 좋아한다

침대

○
○

이곳에서 나는 많은 시간을 보냈다
여기서 보내서는 안 될 시간까지

창밖 장미가 붉게 터지고
얼룩고양이가 마당에서 몸을 구르는
햇살 좋은 한낮에도,
요란한 대화가 구름처럼
하늘에서 쏟아져내려도
나는 꿈쩍하지 않았다

침대에서 보낸 병든 시간들
평생 이어진 만성질환은
자괴감마저 무디게 만든다
가끔은 이 몸통을
끝없이 두드려 펴보고 싶다—
침대를 가득 채우도록

그럴 때면 늘 허점투성이가 되어
심장이 폐를 가리지도 못하겠지만

신혼침대가 아닌
널빤지 한 장의 잠자리는
무덤 속의 침상과 가깝다
겨울이면 손과 발이 밤새 얼어붙는다
모든 걸 내어주고 떠난 사람의 몸처럼
그러나 아침이면
다시 그 몸을 일으킨다
나를 기다리는 토끼들과
길에서 웃으며 마주칠 사람들을 위해

고마움

○
○

햇빛이 처마를 비추고
포플러나무를 비추고
두번째 가지에 앉은
잿빛 까치를 비춘다
새의 배가 눈부시게 하얗다

나는 문둔테에 앉아 있다
고양이는 다른 문둔테에 앉아
고개를 이쪽저쪽으로 떨구며 졸고 있다

햇빛이 우리 둘의 가운데서
안채로 비집고 들어온다
추시계가 잠시 멈춘 듯하더니
하찮은 소리를 내며 다시
움직인다

삶의 사소함이 먼 곳에서

○
○

먼 곳을 얘기하면 마음이 넓어진다
북쪽은 드넓은 평원, 남쪽은 물의 도시
눈부신 장식처럼
붉은 치마를 입은 여자는
깊은 우물에서 길어올린 물을
황혼에서 새벽까지 쏟아낸다

오늘의 맑은 햇살 아래
나는 마을에 안주하며 그녀를 기다린다
소년, 중년, 노년의 우리가 한꺼번에 찾아와
은방울 같은 웃음으로 반짝일 그 순간을

오, 겨울의 거만한 햇살이여
그는 몸에 묻은 석탄재를 떨어내고 나서야
비로소 하얗게 빛난다
그러나 그를 유혹하는 건 검은 어둠
그가 땅 위에 없을 때의 시간만큼은 황금빛

너무 눈부셔서 숨겨져야만 아름답다

젊은이는 자전거를 바람처럼 내몰았지만
오히려 몇 시간을 늦춰 도착해
잠그지 않은 대문을 조심스레 두드린다

초겨울의 저녁

○
○

뜰 안의 햇살은 느릿느릿 물러가며
흐느끼듯 멈춤을 반복한다
잔잔한 북풍은
사시나뭇잎 한 장 뒤집지 못한다
난로 위 약탕관은
찌무룩히 끓어오르고
퍼져오는 쓴 냄새가
오래 앓은 몸을 휘감는다
마당에 쪼그려앉은 그녀,
낙엽보다 더 작게 몸을 접으니
몸안의 칼날마저 움츠러든다
그녀는 그 칼을 펴내어
케케묵은 사랑 한 조각을 도려내려 한다
겨울이면 더욱 덧나는 병,
한약으로는 다스리지 못하는 병

그러나 그녀는 약초들의 향을

끝내 가려내고야 만다
열두 가지 중 단 한 가지,
'당귀'만 골라내어
낙엽더미 속으로 던져버린다

북풍을 맞으며 걷는 길

○
○

처음엔 고개를 들었으나 곧 숙이고 말았다
그럴 때, 마땅히 등잔불을 켜야 했지만
아무도 불을 밝히지 않았다
나무와 낙엽은 나와 반대 방향으로 달린다

마을을 떠나면서
아직은 멀리까지 갈 수 있으리라 믿었다
낮게 떠 있는 구름이 앞길을 가로막지도,
다른 마을이 길을 알려주지도 않았으니까

오, 천둥을 품은 슬픈 여인이여
번개는 몸안에서 녹슬고 있는데
차마 그것을 꺼내지 못했다
소용돌이마다 나를 바라보는 이들 위해

이 길은 추위를 견디는 길
피가 생존을 위해 뿌려지듯

사랑도 철저히 죽음에게 저당잡힌 길이다

해바라기역

○
○

담벼락을 타고 저녁햇살이
내려앉은 보송한 이끼에
한 오리 실바람이 기대어 머문다
나무는 없고 하늘은 파랗다
마치 허공에 뚫린 구멍처럼
타향의 그 어떤 푸름도 의심스럽다

기차는 이미 떠났다
저녁빛이 철길에 내려앉아
반짝반짝 녹슬어간다
역 안에서 어슬렁거리는 사람들은
기차가 돌아올 것이라 믿지 않는다

왼쪽으로 멀지 않은 곳이 사막
마을에만 피어 있는 해바라기 몇 송이는
빛을 잃은 잿빛투성이들
이 역에서 너는 그만 내려버렸다

영문도 모른 채 덜컥
이쪽 끝에서 저쪽 끝까지 걸어가니
바람에 휘날리는 종잇조각들이
빙글빙글 뒤를 따라왔다

나를 꺾어버린 슬픔이

○
○

얼마나 다행인가
나를 꺾어버린 그 슬픔이
너는 꺾지 않았다는 것이
나는 장미가 다시 피기를 바라지 않는다
네가 다시 오기를 바라지도 않는다
바람은 멈추지 않고 봄은 빨리 사라져
어느새 초여름
내 마을을 스친 바람이 너의 도시를 스치고
내 마을을 흐른 강물이 너의 도시를 흐른다
그러나 얼마나 다행인가
나를 꺾었던 그 슬픔이 너를 꺾지 않았다는 것이

가끔 너를 떠올린다, 이를테면 이런 저녁
부엌에서 찬밥 한 그릇을 먹다가
문득 네가 떠올라 눈물이 비처럼 쏟아졌다
되돌릴 수 없는 이 생경함도
이제는 나를 아프게 하지 못하고

다시는 만나지 못하고 각자 죽어가도
나는 아파하지 않을 것이다
낯선 세상 이 쓸쓸함조차 이제는 나를 아프게 하지 못
하니

더이상 슬퍼할 일이 없다
드넓은 봄빛 속에서 나는 그림자를 남기고
유혹과 찬사를 함께 들어올린다
삶의 매듭을 거듭 묶었다가
온 생명을 다해 천천히, 천천히 풀어낸다

그럼에도 너와 내가
같은 하늘 아래 공존한다는 사실이
아직도 믿기지 않을 뿐이다

바람 속의 아득함과 한탄처럼

○
○

버드나무를 타고 오르는 수세미덩굴처럼
그 가늘고 여린 수염처럼
떨림으로 너를 포근하게 감싼다

바람 속의 아득함과 한탄처럼

홀대받는 운명은,
부끄러움을 무릅쓴 소심한 초록이다

산전수전과 천자만홍을 다한 후에
등불이 거꾸로 비친 밤의 강물이다

해질녘 너를 향한 나의 가벼운 손짓이
네가 건네는 한마디 탐문조차
감당해내지 못함이다

내 나무의 체구에

생겨나는 뜻밖의 기쁨이요

내 장애의 육신에 가해진
반격할 수 없는
영롱한 따귀 한 대다

제4장

○
○

혼인

○
○

왜 나는 감을 하나 갖고 있을까*
왜 나는 감을 하나 갖고 있을까

수년 간 홀로 늪에서 줄다리기를 해왔다
북쪽 유리 창문이 깨져
북풍을 가슴속에 욱여넣곤 했다

"이 세상에 니가 가진 게 뭐냐?
말을 제대로 해? 아니면 걷기를 제대로 해?
개뿔도 아닌 여자가 왜
왜 내 앞에서 수그리지 않는 거지?"

엄마, 엄마는 왜 한 번도 알려주지 않았지?
왜 내게 감이 있는지

---

* 감은 중국어에서 말랑해진 만만한 상대, 저항할 수 없는 약자를 상징한
다. 혼인 속에서 저항하지 못하는 주인공을 떠올리게 하며, 현실에서는 감
에 알레르기가 있다는 사실과 맞물려 아이러니한 자기 풍자를 만들어낸다.

어릴 때 감을 먹고 알레르기에
죽을 뻔했던 나잖아

나는 외로움을 좋아한다
해질녘 강가에 앉아
홀로 상처를 씻어내곤 했다
이생에 이루지 못한 일들은
묘비명에 새기고 싶다

―이만 보내줘, 자유를 다오

겨울의 마을

○
○

헐레벌떡 달려온 셋째 삼촌
소를 또 잃어버린 모양이다
아내가 친정에 간 게 아니라고
다른 사내와 함께 떠났다고 했다
소의 등에 내려앉은 까마귀를
끝내 잡지 못했다고도 했다

둘째 삼촌 집 문은 굳게 닫혔다
올겨울 돌아오지 않을 모양이다
쓸쓸히 쌓인 낙엽들이
바람에 빙빙 돌다 떨어지고
또 돌다 떨어진다

나는 절뚝이며 셋째 삼촌을 따라
소를 찾아서 텅 빈 마을을 가로지른다
바람은 이쪽에서 곤두박질
저쪽에서 다시 곤두박질

나는 까마귀의 울음 따라 달렸다

셋째 삼촌이 외친다
들리니? 들리니? 곧 눈이 내릴 거야
눈이 오면 그들은 길을 잃고
다시는 돌아오지 못할 거야

정말로 북녘에서 눈 소식이 전해졌지만
내 마을과는 얼마나 먼 이야기던가
눈이 내리지 않아도
나의 마을은 이미 눈처럼 하얘진 것을

배경

○
○

몇 차례 퍼부은 비에 나무가 홀쭉해졌다
햇살이 비추자 곰팡이 핀 잎사귀들이
더이상 사랑스럽지가 않다
이토록 푸른 하늘이 헝덴 마을을 뒤덮고
이토록 하얀 구름이 포플러나무 위에 떠 있다
새로 심은 밀밭에 솜털 같은 푸름이 일렁이고
황금빛으로 물든 들풀에 마음이 황홀해지는 계절
나는 밭머리에 앉아
가을바람을 품안에 끌어안는다
참새떼가 내려앉았다가 다시 날아올라
밀밭을 가로지르는 전선줄에
살포시 내려앉는다
먼 곳에서 간간이 들려오는 소식들을
차마 놀라게 할 수 없으니

찬미가

○
○

고요한 이 겨울, 햇살 고운 날이면
나는 좀 오래 살 수도 있겠다는 생각을 한다
그것도 아주 기쁘게 살아낼 수 있겠다고

저녁해가 길어지면 한결
포근해지는 시간을 사랑한다
까닭 없이 지붕 위에 내려앉았다가
다시 빙글빙글 돌며 흩어지는 참새떼도 사랑한다

작은 날개들의 부채질에
옅은 황금색 빛이 흩어지니
한 여인이 아득한 기억 앞에서
전율하고 있는 모습과도 닮아 있다

수많은 절망의 세월을 지나왔지만
참새는 여전히 날고
나는 여전히 낡은 책장을 뒤적인다

장미 또한 봉오리를 품고 있다

한 조각 구름이 우편 마차처럼
좋은 소식을 한 곳에서 다른 곳으로 실어나른다
고개 숙여 나를 내려다본 듯도 하다

오늘밤 유난히 네가 그립다

○
○

어둠과 대지는 가없이 펼쳐지고
또다시 수많은 것들에 발목 잡힌 나
오후 내내 한약을 달이며
몰래 '당귀'를 꺼내 버렸다
—멀리서 걸어온 내가 나를 밀쳐 아프게 한다

어둠 속에선 언제나 무서운 소리가 들리지만
내 마음에는 밝은 달이 걸려 있다
—병이 깊어도 나는 그 달을 내려놓지 않는다
그 달은 나를 하얗게 만들고
텅텅 비우는 이유를 준다
지도에도 없는 마을 한쪽에서 내게
사치스레 슬퍼할 권리를 준다

다만 너를 생각하면 나는
한없이 작아지고, 가벼워진다
강아지풀처럼, 영원의 낯섦을 품고 흔들린다

너에게 말할 수 없다
내가 이 세상과 맞서고 타협하는 모든 일 속에
네가 있다는 것을
그래서 나는 아직도 방향을 잃고
살을 도려내는 듯한 이 마음에 해명을 줄 수가 없다

너를 생각하는 순간
세상은 환한 아우라 속에서 뒷걸음질치고
우리가 영원하다고 믿었던 것들,
시간까지도 모두 쉽게 부서진다
나는 울고 있지만, 이 덧없음을 믿는다
허둥지둥, 땅 한 제곱미터를
나에게 내어준 너 또한
이 덧없음의 일부였기에

외롭지 않은 순간은 없었다

○
○

단지 한 제곱미터의 외로움만 원한다:
등불 하나, 책 한 권, 병환 하나
아무도 발 디딜 수 없는 한 제곱미터
햇빛도 스며들지 않는 한 제곱미터
우물처럼 깊고 어둡고 절망스러운 그곳

그가 건넨 빚은, 내가 조용히 감춰두었다
그가 베푼 친절을 감히 함부로 쓰지 못한다
다음해 봄이 나를 비춰 이 만남의 호의를 되돌려놓기
를

나는 여전히 위험을 안고 걷는 여자
그의 약속 때문에 이 위험을
나는 다시 입밖에 내지 못한다
지금 이 순간 죽음은 얕은 것
나는 외로이 살고 있을 뿐
외로이 살면서

모든 병 찌꺼기를 양약처럼 삼키려 하니
부디 다시는 나의 편차를 바로잡지 마라
환자가 병을 숨기는 것보다
수치스러운 일이 또 있을까?

조금 더디게 쓰고 싶다

○
○

수많은 황혼 속에서
내 발길이 닿는 모든 방향은 역광이었다
나는 무심코 물위에 비친 나무 그림자를
어둠이 완전히 내려앉을 때까지 바라본다
나는 어둠 속에 있다
소나무 숲을 스치는 바람
사랑의 흐느낌처럼
한 번은 가지 끝에서 떨어지고
한 번은 뿌리에서 솟아오르며

끊임없이 이어진다

나는 한 사람에 대해
조금 더디게 쓰고 싶다
조금 늦게 고개 들어
별이 가득한 하늘을 보고 싶다
이 마음속의 응어리가 더 무거워져

끝내 무너져 나를 부술 때까지
얼마나 절망스러운가
가장 아름다운 것을 만났지만
한마디 칭찬조차 건넬 수 없으니

그리고 밤

○
○

가을 이맘때면 만물은 고요해진다
마음속에 아직 소란이 있다면
그것은 아마도 갓 치유된 붉은 말
그것의 행방은 사람을 슬프게 한다
반평생을 슬프게 보낸 걸로도 부족하냐고
하늘가의 초승달을 따버리면 또 어떠냐고, 너는 묻는
다
그래, 어둠은 어둠을 막을 수 없고
병은 병으로 덮을 수 없다
어떤 이는 구름 속으로 사라져
다시 돌아오지 않는다
마을의 큰 나무가 뽑혀나가고
누군가의 농장도 피범벅이 되어버린다
나는 알지 못한다 왜 이렇게 많은 밤을
평온한 글쓰기로 보낼 수 있었는지를
이 친절한 형벌은
더이상 태초의 그 지푸라기가 아니다

나는 안다, 오랜 병을 앓아온 사람이
좋은 의사를 구하기는 어려울 것
(이건 치욕이다. 조롱거리가 될걸)
하지만 밤길 걷는 이를 찾는 것은 좋은 일
나는 번득이는 칼을 준비했으니
마주치면 서슴없이 내어줄 것이다

가을에

○
○

바라던 대로
가을이 나를 한입 베어물었다
그리고 긴 시간을 내게 선물했다
상처가 덧나고 곪고 아물 때까지
가을은 말한다
너 같은 지푸라기 인생도
이토록 점잖고 여유롭게
아픔을 누릴 자격이 있느냐고
그러곤 아픔을 낙엽에게 넘겨버린다
붉은 달이 지지 않는 나라에서
사람들은 새벽을 누더기옷에 감싸고
수확을 깊이 묻는다, 잊히기 쉽게
그들은 거리에 모여
아직 선포되지 않은 법률을 이야기한다
계절에 따라 법도 바뀌어야 한다며
그들의 발바닥에도 상처가 있다
피는 골목마다 흘러

인민광장으로 모여든다
가을바람은 그들의 뺨을 스쳐지난다
나는 두렵기만 하다
혹시 그 속에서 잃어버린 가족들을 알아보진 않을지

늦가을

○
○

나무문엔 구멍이 났다
달빛과 여우가 앞서거니 뒤서거니
들어왔다가 빠져나간다

여자는 헝겊 치마를 걷어올리고
계단 위 낙엽 곁을 돌아 앉아 머리를 빗는다
아주 천천히, 천천히 빗는다

머리카락 위에 앉은 잎사귀는
바람에 떨어진다
길 건너 큰길은 잡초가 우거지고
우편배달부는 몇 달째 오지 않았다
남은 건 메아리 같은 종소리
그녀는 아랑곳하지 않고
그저 느릿느릿 머리를 빗을 뿐

머리카락은 길게 자라 있고

흰머리 몇 가닥도 함께 길어졌다
그녀는 본체만체, 눈길조차 주지 않는다

버드나무 가지엔 참새떼가
내려앉았다가 순식간에 흩어졌다
차가운 계단 위에서 그녀는 일어나
문을 열었다가 다시 닫는다

잘 있어, 나의 2014

○
○

타향에서의 포옹처럼
잘 있어, 나의 2014
타향에서의 마지막 작별처럼
잘 있어, 나의 2014

굼뜨고 다정한 나는
항상 무리들 속에서 뒤처지는 낙오자
그들이 손을 흔들 때
나는 아직 낭비할 시간이 있다고 생각했다

아직 헤프게 쓸 시간이 아주 많다고 생각했다
2014년은 한 그루의 소박한 메타세쿼이아처럼
까치들과 햇빛으로 가득했다

나무와 많은 사람들에게 작별을 고하니
다시 만날 날 없음을 끝내 알게 되었다
하늘이 너의 평안함을 지켜주길 기도하지만

나는 과연 고향으로 돌아갈 수 있을까
고향이 없는 사람은 다음 봄날을 품어볼 수밖에

봄날은 머지 않았다
오는 봄엔, 더이상 다정한 언니를 만날 수 없겠지만

내게 깊은 상처를 준 사람들에게 고맙다
내게도 고맙다
많은 인연에도 잃지 않는 내 순수함에

계속 걸어라

○
○

계속 걸어라, 끝없는 황사 속에서
저녁 해의 길이가 가늠되지 않아도
계속 걸어라, 우물을 옆으로 눕히고
물을 깊이 감추며

언젠가 와본 적 있는 작은 마을 하나가 나타나리라
이미 시들어버린 사람도 함께

입구가 북쪽을 향한
마음속의 빈 술병도 그곳에 있을 것이다
바람에 맞서 여태 울부짖고 있겠지

꿈속에 발자국을 남겨둔 사람이
마침내 그 꿈속으로 들어가
그 발자국을 다시 데리고 나오는 것처럼

계속 걸어라

가장 북쪽의 북쪽에서 남쪽에 닿을 때까지
멈추지 말아라

장춘란

○
○

그해, 그녀는 붉은 옷을 차려입은 채
밝은 달을 이고 헝뎬 마을로 들어왔다
양백림네 창문의 불빛은 그녀에게 잡혀버렸다
가난한 세월은 더욱 가난한 여인을 비춘다:
부모 없는 결혼, 도망결혼이었다니

그녀는 아름다웠다! 두 눈은 늘 반짝반짝
양백림은 그녀에게 집이 되어주고, 그녀는 그에게 아들
을 선물했다
둘은 함께 밭에 나가 일하고, 함께 마을로 나가 마작을
하곤 했다
부부로서 함께 밤을 보내기도 했다

그러나 양백림은 알지 못했다
그녀가 한밤중에 일어나
마을 옆 강가에서 넋을 놓고 있다는 사실을
그녀의 눈가에 괴어 있는 것이 우울이라는 것을

우울은 얼마나 고귀한 물건인가, 촌사람들에게는 어울리지 않았다

그는 가끔 그녀에게 주먹을 휘둘렀다
그녀는 아무 말도 하지 않았고, 눈동자는 더욱 빛났다
양백림은 그 빛을 꺼버리지 못해 절망했다

훗날, 그녀는 그의 집에 불을 질렀고
바로 경찰서로 갔다
양백림이 그녀를 빼내려 했지만
그녀는 나오지 않았다

마을 사람들은 그의 아들에게 물었다:
네 엄마는 어디 가셨니?
아들이 말했다: 엄마는 돌아오지 않을 거예요

낮은 것들

○
○

밀밭은 낮게 엎드려 있고
노란 유채꽃도 낮게 피었다

바람이 풀을 눌러주지 않았다면
밥그릇을 들고 밭머리에 앉은 아버지를
나는 보지 못했을 것이다

참새가 몇 번 원을 그리며 날다가
다시 내려앉는다
아버지는 말한다
계절이 바뀌어도 메뚜기는
결코 높이 뛰지 못한다고

하물며 들꽃과 잡초,
밀짚모자 쓴 사람들은 말해 무엇하랴
낮게 드리운 구름 그다음은 포플러나무인데
여러 사람의 키를 합친 것보다 훨씬 높지만

그 또한 외면당하는 생이 아니더냐고

낮은 것들은
바람이 흔들어도 끄떡없다
아버지의 예순 해
그리고 나의 서른여덟 해가
그러했다

바오얼에게 보내는 편지

○
○

오늘밤 달빛은 없다
네가 뒷문으로 들어설 때
발에 묻은 흙을 떨어내라
네가 걸어온 길의 발자국까지도
네가 지나온 과거는 묻지 않겠다
우린 모두 죄를 지닌 자들
오늘밤, 그 죄들 중 하나를
다시 되풀이할 뿐이다
울어도 좋다
그러나 참회하지는 말아라
밤은 기니
나는 더 기다릴 수 있다
네가 네 딸아이를 씻기고
재울 때까지
네 아내의 무덤가에서
소란히 울어대는 부엉이를 쫓아낼 때까지
그리고 네가 예전처럼

왜 이곳에 왔는지 잊어버릴 때까지
나는 반쯤 탄 촛불을 네 손에 건네겠다
그 불빛을 들고
네 집으로 돌아가라

비행기가 날아가고

○
○

거대한 굉음은
구름을 감싸는 일도
복잡하게 뒤엉킨 역사를
추적할 마음도 없다
비밀은 꿰뚫어볼 수가 없다
하늘이 활짝 열린 이 오후를
비행기는 대수롭지 않게 지나친다
오늘 오후에 바람이 불 것이라 생각하는지?
열풍이 아무런 예고 없이 지나갔다고 믿는지?
그렇다
희미해진 굉음으로부터
풀밭 위에 나를 안전하게 눕혔을 때
이미 다 지나갔다
연못의 물결은 여전히 일렁이고
몇 그루의 갈대는 계속 무심하게 흔들린다
그들의 텅 빈 몸통에서
시간은 더디게 흘러내린다

비행기의 눈동자 속에
짙은 노을의 마을은 휙 하고 스쳐지난다
물론 속세와
속세에 깊이 묻힌 사람은 제외다

눈이 내린다

○
○

이 일을 말해버리면
모든 것은 끝이 난다
하지만 나는 모른다
무엇이 정말 시작되기라도 했다는 건지
후베이의 중부에서는
눈을 기다리는 일이 오직 참새들의 일일 뿐
눈은 내리고 또 사라지고
남은 것은 그들 몸속에 남은 좋은 날씨뿐
나는 안다
내가 한 마리 참새만도 못하다는 것을
기쁨도, 슬픔도
빛이 바랜 얼룩처럼 들춰내지 못한다
어젯밤, 눈발이 창살을 두드릴 때
나는 불현듯 한 사람의 이름을 불러버렸다
곁에 있던 그는 아무런 반응이 없었다
그러나 나는 알았다
그가 있든 없든, 나는 그 이름을 부를 거란 걸

평생 한 사람 곁에 머물며
다른 이를 사랑하는 것
그것이 가장 큰 죄악이었다
그래서 불행에 대해 원망도 하지 못하고 살았다
몸속 깊은 병조차 감춰야 했다
한밤중, 휴대폰 불빛에 의지해
눈 위에 오줌을 누다가
눈이 스르르 녹는 소리를 들었다
그 순간 다시 깨달았다
나는 얼마나 천박한 여자였던가
지금도 편두통이 몰려와
눈물이 멈추지 않는다
그저 도망가고 싶을 뿐
사랑하는 사람과 함께 눈밭을 구르며
끝내 이 눈사태에 묻히고 싶다

그저 살아 있으면 돼

○
○

"그저 살아 있으면 돼
하늘이 굽어 살필 거니까."
인동초 덩굴에 새순이 돋고 있다
개인 날 흩어진 구름 몇 조각은
하늘을 떠도는 나그네다
오래전부터 고향을 떠나고 싶었다
헝덴이라는 마을을 배반하고 싶었다
그러나 운명은 나를 늘 이 자리에 붙잡아두었다
허물어져가는 집과 늙어가는 부모와
그리고 조금씩 자라나는 아들 곁에
천천히 다가오는 손님 같은 아들에게는
내 체취가 묻어나기 시작했다

행복이라면, 딱 이만큼
그러나 나는 늘 깊은 슬픔을 숨기고 있다
―나조차도 입밖에 낼 수 없는 슬픔을
산다는 것, 그것은 그림자 한 토막이

하늘에서 물로 떨어지는 것과 같다
평생을 함께 산 사람은 마음을 줄 수가 없었고
결국 나홀로삶이었다
도대체 누구인가!
이런 인생에 대해 NO라고
말하지 못하게 하는 사람은?

2월이 되자, "삶活" 자가 집적거리기 시작한다
하루에도 몇 번씩 집을 쓸고 닦는다
—그러면 햇빛이 더 깨끗하게 스며들기라도 한다는 듯
내가 심은 장미는 여러 번 꽃을 피웠고
내가 키우는 토끼에게는 굴 하나만 마련해주었다
마음에 들지 않아도, 그녀는 등을 돌릴 수 없다
내가 그녀 삶의 전부일 때는
친절함과 잔인함이 공존할 수밖에 없다

오랜 세월 나는 그저 살아 있을 뿐

병도 없고 욕심도 없이 하루 한 끼
나는 이미 '미래'까지 살았고
미래는 이런 모습일 것

초목의 마음 하나가 몸속에서 자라나니
이 얼마나 뜻밖의 일이고 또 당연한 일인가

봄눈

○
○

눈이 내려 온누리가 하얗다
눈 아래 더 큰 어둠이
숨어 있음을 떠올려서는 안 된다
물도 오르지 않은 식물의 내부에
덧붙일 찬사 따윈 없다
눈은 송이송이 가볍게
무거운 세상을 내리친다
추호의 망설임도 없이

나는 한 번도 눈송이를
제대로 살펴본 적이 없다
그 모양, 그 빛깔, 그 근원의 비밀
손끝보다 작은 광막함인지
하늘보다 큰 허공인지
그것이 오는 것에 대해
나는 지나치게 태연하다
슬프지도 기쁘지도 않다

천지가 하얄 만큼 눈이 내렸으니
더이상 바랄 것도 없다
눈 위를 이리저리 거니는 닭들이
인간 세상에 온기를 전한다
눈이 다 녹으면 나는
밖으로 나가 걸을 것이다
발자국은 남기지 않고

먼동

○
○

희미한 불빛이 창문으로 스며든다
나를 깨운 건 마당의 닭 울음소리
이 겨울에도 여전히 만물들이
마디를 뽑아올리는 낮고 묵직한 소리들
이 빛 때문에 맑게 깨어나는 마음들

빛을 거슬러 나가면, 엷은 서리로 뒤덮인 들판과
문머리로 살며시 열어젖히는 인간 세상이 있다
곁에 있는 나무가 천천히 먼 곳으로 밀려나가고
가장 아름다운 가지는 늘 동쪽을 향하고 있다

사랑 때문에 또 한번 간신히
죽음에서 발을 뺀 사람은
마음과 젖가슴을 다시 가다듬는다
오, 먼동은 두 젖가슴 사이에서 시작되어
서로를 밝혀주는 빛임이 분명하다
높고 낮은 닭 울음 사이로

기차가 천천히 역을 빠져나간다
분주히 움직이는 사람들은
고향이나 타향의 먼동을 등에 업었고
그 위로 안개가 한겹 한겹 흩어져내린다

길옆에 버려진 병든 객차의 네 귀퉁이에도
또렷한 빛이 생겨난다

정말이지, 나랑 많이 닮았다

묻다

○
○

어둠이 그녀를 묻었지만
너무 가볍고 엉성했다
그녀는 번번이 부활했고
죽음과 삶에 너무 익숙해 있다
심장을 죄는 듯한 죽음과 삶 사이의 고통에도

그 꽃들은 마침내 다시 피지 않았다:
허구의 썰물이 물러간 것처럼
대지는 본색을 드러낸다 쓸쓸함이다
쓸쓸한 사랑, 쓸쓸한 낱말과 몸안의 질서

아, 사랑이란, 말하기만 해도 죽음의 위험이 따른다
달리 표현할 방법이 없다
─그녀는 이 육체와 영혼에 다시 한번 불만을 품었다

한 차례의 지진처럼, 누군가는 죽고 누군가는 살아남
고

또다른 누군가는 폐허 속에서 탄생한다
그녀는 살아 있으면서, 동시에 죽어 있다

아, 나는 끝내 아무 말도 하지 못한다
진정 위험한 건
이런 밤은 위험의 발생을 거부한다는 것

전율

○
○

구름이 거대한 그림자를 드리웠다
그 위 하늘이 사치스럽게 푸르다
머리 위의 무거운 것들에 눌려
나는 정처 없이 걷기만 했다

만나는 것마다 색을 잃고
시들어가는 소리를 낸다
—난 너무 긴장했다
사슴 한 마리가 스쳐지났을 뿐인데
나의 봄은 여전히 보이지 않는 먼 곳에 있다

나는 안다 내가 왜 떨고 있는지
왜 황혼 속에 눈물을 흘리고 있는지
그런 경험이 있으니까
그렇게 부서지고 찢기고
버려지는 공포의 기억 때문이다
이 허무한 일도 둔기처럼

내 가슴팍을 내리친다
그것이 현실의 냉랭함에 맞설 순 있어도
몸속 깊은 한기는 거두지 못한다

만약 내가 사랑한다고 고백한다면
그래서 내 남은 생이 흐리멍텅하게
눈과 서리도 구분하지 못하게 된다면
그래도 좋을 듯

인간이 세상에 대한 분별력을 잃어버리고
통증에 대한 예민한 감지력을 잃어버리는 일
또한 좋지 않은가

하지만, 사람들은 다 안다
나는 결코 할 수 없다는 것을
사랑은 차가운 불꽃에 불과해
바닥의 상처를 잠깐 비추고 나면,

스스로 꺼지게 되어 있다는 것을

소금 한 봉지를 사러 량저우에 가다

○
○

나는 이런 엉터리에 한 방 맞고
한동안 헤어나오지 못했다
위도가 몇 도 높은 땅의 소금이
짜다못해 나를 벙어리로 만들고
삶과 사랑에 대해 침묵하게 만들 줄이야

분노가 치민다
그는 자신이 세상에 없어서는 안 될 소금이라 했고
나는 어리석게도 그 말을 믿었다
그러나 그것을 신앙이라 부르지는 않는다
―중년의 밤은 고요하고 메마르다
맑은 차 한 잔이 어울리는 시간

나는 몰래 량저우에 갔다
꿈속에서 끝없이 맴돌며
가슴속을 파고드는 가을바람을 달래본다
그리고 나는 줄곧 계산했다

소금 한 봉지를 얼마나 넓은 물에 풀어야
스스로를 띄워, 익사하지 않을 수 있는지

철길을 걷는 그 여자

○
○

어제의 장미를 들고 있는 그녀는
밤이슬과 달빛에 젖어 있다
머리에서 가을까지 풍겨오는 향기는
떠도는 소문처럼 흩어지는 꽃

그녀는 멈추지 않고 걷는다
철길 따라 비틀비틀
저편에는 해가 가라앉는다
나는 그녀에게 돌아갈 길을
열어주고 싶지만 그러지 못했다

차라리 열차가 달려와서
기적소리로 흐리멍텅한 그녀를 깨우고
위험 하나 꽂아주는 편이 낫다

하지만 녹이 가득 쌓여
오랫동안 기차가 다니지 않은

너무 안전한 철길이라는
사실에 마음이 더 부서진다

그녀는 안다
이 시듦을 놓아버려도
잃을 것은 없다는 것을
그러나 여전히 움켜쥔다
수많은 세월이 그녀를 쥐고 있었던 것처럼

싱싱한 풀 소리

○
○

여름보다 풀 소리가 많이 둔해졌다
이런 베임에도 태연하다니
마치 죽음을 오랫동안 품고 있은 듯
풀들의 마음은 텅텅 비었다

한 해에 두번째로 나오는 풀은
더디게 자라지만 빠르게 늙는다
이렇게 가을의 첫 이슬을 맞았다

내 손의 상처도 아물고 있다

풀을 가득 베어 바구니에 담고
나는 잠깐 앉아 쉰다
가을 풀들은 나보다 훨씬 높이 자랐다
가끔 쓰다 만 시가 떠오르고
내게도 벗어날 수 없는
한 줌의 감성이 있다는 걸 깨달았다

파란 하늘과 흰 구름 아래서
나는 그토록 사랑했었지
뭇산과 강물 사이를 나는 종횡무진했었다
해마다 풀들은 어김없이 자라나
세상을 푸르고 낮게 뒤덮었다

속세에 치일 대로 치인 나는
한 낮 한 낮 대지에 되돌려주고 있다
산들바람 그리고 황혼을

아름다운 일

○
○

너를 사랑하기 위해 나는 다정한 모습으로
밀어를 지긋이 달여보기도 한다
물론 여전히 너를 와락 껴안고 싶고
봄날처럼 뛰어올라 입술을 맞추고 싶지만

대체 나는 너의 무엇에 이토록 끌리는가
기껏 수염 한 움큼인가, 그것도 벼룩들이 사는?
너는 사월은 커녕 시월도 한참 지났다

잠자리가 마음먹은 대로 되란 법은 없어
인간의 모든 선함을 너에게 갖다바치고도
훔치고 빼앗으려는 이 한심한 여인아!

─세상의 아름다움은 다 네 것이어야 하니
장미도 모자라고 과수원도 모자라고
흐르는 물과 구름도 모자라고
옹근 봄도 성에 차지 않는다

도둑질하는 길에 발을 헛디딜지도 모른다

오, 세상에
이 얼마나 아름다운 일인가
차라리 말을 말자
아, 만약 내가 정말 사라진다면
가끔 네 몸을 더듬어봐
문득 돋아난 상처 하나가
아무렇지 않게 아플 때가 있으리니

맑은 날

○
○

햇살이 마당에 들어서서는
겨울을 견디는 월계나무를 비춘다
논두렁에서 풀을 베고 돌아오니
낫이 떨어져 쨍그랑 소리를 낸다

손을 깨끗이 씻고 얼굴도 깨끗이 씻는다
거울 속 몇 가닥의 주름이 마음에 든다
난 항상 가장 깊은 밤에
사랑과 아픔을 꾹꾹 눌러버린다
거칠게 살아왔다:
때론 생떼도 부리고 때론 욕설도 퍼부으며

그러나 한겨울의 햇살은 끝내 나를 배신한다
먼 곳에서 반사해오는 너의 빛에 화답하려는
내 안의 이 철딱서니 없는 말캉함이라니

너는, 하얀 눈이 덮인 거리를 지나

어느 집 문패 앞에 오래도록 서 있다
이곳의 날씨를 전혀 모른 채

달빛은 이토록 희고

○
○

너무도 희어서
차마 그 허상을 들추지 못한다
죄악은 덮이고
선량은 상처를 입었다

북쪽의 큰 눈보라도
이렇게 고집스럽거나 사납지 않다
모든 것을 쓰러뜨리려는 결심 따윈 없다

나는 더 두껍게 껴입고서야
달빛을 지나갈 수 있었다

내 몸속의 어둠이 부서지고 있었다
죽은 지 오래된 썩은 뼈처럼
함께 부서지는 것은 사랑과 미움
그 뒤섞인 것들은
이 거대한 달빛 속에서

지저분해진다

낮에 살아가는 내 모습을 떠올려보면
역시 달빛이다
햇빛 속에 몰래 기대어 있는 모습은
내가 아프다고 외치지 않으면
아무도 알아보지 못한다

"우리는 늘 다른 시간에 만난다"

○
○

반생이 지나고서야 너는 짧게 답했다
"나 여기 있어"
네가 있다는 그 말이
내가 있음을 증명해줄 수 있을까
오랜 시간의 대조에
작은 천둥과 불꽃이
바람 속에서 비틀거리고 있었다
너는 언제나 옳았다
그러나 나는 그것을 끝내 인정할 수 없었다
너는 달콤했지만
내 몸 깊숙이 스민 쓴맛을 덮어주지 못했고
너는 사랑을 말했지만
내가 세상에 품은 의심을 지워주지 못했다

너는 물었다
"어찌하면 좋을까?"

나는 내리는 빗물을 모두 삼켰지만
집 앞의 강물은 한장강으로 흐르고 다시 장강으로 향
한다
내가 너를 만나려면 그 물길을 따라가면 될까
그러나 그렇게는 안 된다
그렇게 쉽게는 안 된다
한 생은, 한 번의 사랑을 담기에도 너무 짧아
그리움조차 다 담지 못한다

너는 거기 있다
그 사실이 내게는 치명적이다
그러나 내 목숨은 너와 무관하다
나는 살아야 한다
이것이 가장 시급한 문제다

네가 거기 있다니
참으로 다행이다

헛된 사랑

○
○

빗물은 개구리를 따라 후베이로 흘러가고
불어난 한장강은 녹슨 배와 흩어진 부평초를 실어나른
다
사투리를 내려놓고 오래도록 말없는 사람이
서풍에 소맷부리를 여미고 있다
—오라버니, 우린 둘 다 떠돌이예요
때론 고향의 달빛조차 몰라보는 걸요
나는 새 술을 떠받치며 조용히 묻는다
—함께 한잔하시겠어요?

그를 멀리 떠나보내는 길 위로
안개가 자욱하게 밀려온다
—충칭에 닿거든
안개 속에서 우울해하는 그녀를 찾아봐요
오라버니, 나 대신 그녀를 안아줘요
나는 여자의 몸으로 여자를 품을 수가 없다
그녀가 아플 때마다 내가 비명을 질렀다

그 비명조차 돌 하나 매달지 않으면
끝내 가라앉지 못하고 떠돌았다
―오라버니, 그녀를 안을 땐
제발 목구멍의 울음을 삼켜요

나는 산길을 홀로 걸어 은행나무 숲에 가서
리간李敢이라 불리는 사내를 만나야겠다
그가 내어주는 물을 마시고
건네주는 과일을 받아먹으련다
그가 내 이름은 묻지 않을 테니 말하지 않을 거다
나이가 들어갈수록 과거는 적은 게 좋다
떠나갈 때 허리 숙여 인사하는 나에게
그가 눈물이라도 두어 방울 흘린다면
나를 알아본 것으로 치겠다

목화밭에서

○
○

한낮, 그녀는 허리를 펴고 일어섰다
가을바람이 등줄기를 타고 미끄러 떨어지자
비탈 아래의 풀들은 더욱 누레졌다
몇 개의 봉분이 보였고 거기에는
사월 청명의 종이 제물이 아직 놓여 있다

벌써 세번째, 하얀 등들이 빽빽이 매달려 있다
그녀는 또 한번 믿게 되었다
이 하얀 것들이 모여 세월을 밝게 비출 수 있다고

그녀는 손에 테이프를 다시 감았다
"내가 말했잖아, 이렇게 움켜쥐면 삶이
다섯손가락 사이에서 빠져나갈 수가 없다고"

목화 한 포대를 지고 돌아가는 길에
그녀가 넘어졌다 다시 일어섰다
하늘에 한 점 없던 구름이

땅바닥 여기저기 흩뿌려져 있었다

국화가 피면

○
○

항상 바람이 분다
얇은 쇳조각이 맞부딪쳐 흩뿌리는 메아리를
꽁꽁 잠긴 종이 하나하나 삼키고 있다
모든 오솔길이 교회 안의 한 자리를 향하고 있다
두말할 것 없이, 국화 한 송이는 경문經文의 번역이다

가을에 구원받은 유일한 사람은 아니지만
나는 다시 태어날 수 있을지도 모른다
―그렇지 않고서야 아무리 흔들어도 끄떡없던 빛깔들
이
자정 너머 내 혈관 속을 유유히 돌아다닐 리가 없다

분명 국화꽃 한 송이의 조용한 울부짖음이 들릴 것이
다
하지만 이 사랑과 같은 은밀함은
어떤 마음이어야
다가오는 가을의 쇠락을 미리 품어줄 수 있을지

꽃 한 송이에는 열매의 속마음이 서려 있어
처음부터 눈물을 머금고 피어난다
그래서 매번의 가을을 귀향으로 여기고
찬란하게 스러지는 것이다

매달린 돌

○
○

나는 또다시 놀라며
눈물에 잠겼다
슬픔으로 돌아섰다가
슬픔으로 다시 돌아온다
침묵 위에 침묵이 쌓인 날들
나는 재로 이어붙인 살덩어리
저녁노을로 빚은 빛의 마음

위태롭고도 무겁다
사랑아, 너는

너에게

○
○

여기서 너의 도시까지 팔천 리가 넘는 길
그해 나는 빈손으로 우여곡절 끝에 너에게 갔다
고향의 토산품도 다정한 사투리도
심지어 눈물도 남겨둔 채

돌아와보니 거기 두고 온 것이 있었다
나의 아주 작은 심장, 그 작은 것의 존재를
너는 오래도록 모르고 있었다

심장이 빠져나간 몸은 무거웠고 세상에서 슬프게 흔들
렸다
나는 너에게 돌아가기로 했다
저녁노을을 밟으며 길을 나선다
여기서 너의 도시까지 얼마나 걸릴까
몇 번이나 넘어져야 할까
얼마나 많은 유혹을 마주해야 할까
그래서 네가 다른 여자를 사랑하는 걸 허락하겠다

너의 방에서 사랑을 나누고
너의 도시에서 손을 맞잡고
텅 빈 거리에서 눈물로 입맞추는 것을

나는 오래도록 기다릴 수 있다
등이 굽은 채 골목을 돌아와서는
머리 위에 떨어진 눈송이를 떨어내고 있을 너를

날은 저물고 비는 내리고

○
○

비는 처마밑에 모여 마당으로 쏟아진다
비는 땅에 떨어지기도 전에 물이 되었지만
적어도 절반은 아직 비다

비가 마당에 떨어지는 소리가 우렁차다
하얗게 우렁차다
은덩이가 부서지듯 서로를 빛으로 때린다

불이 없는 방에서, 나는 이 빛을 듣는다
파초와 장미가 시드는 소리도 들린다
시듦이 이렇게 아름답다니!
마치 찬가처럼

저무는 나날들을 나는 그렇게 지나왔다
다만 비가 내릴 때는
더욱 적막해져 위태로움마저 느낀다
곧, 도롱이를 걸친 사람이

멀리서 달려올 것만 같다

산민山民

○
○

너는 나를 취하게 하고는
마을에 사람들이 모였다고 말했다
하지만 나는 산속의 회화나무를 생각한다
너는 나를 취하게 하고는
누군가 내게 춤을 청한다고 말했다
하지만 나는 산속의 낙엽진 회화나무를 생각한다

나를 비추는 햇살은 회화나무 북쪽의
아기다람쥐 구멍도 비추고
안절부절못하는 어미다람쥐도 비출 수 있어야
비로소 나의 찬미를 받을 수 있다

나는 빗물을 지고 산을 오르던 사람
과거에도 그랬고, 앞으로도 그럴 것이다
나는 가슴에 먹구름을 품고 걷던 사람
과거에도 그랬고, 지금도 그렇다
네가 바라볼 때 나는 흙더미였다

네가 다시 바라볼 때
바람이 낙엽을 흩어놓아
나는 축축한 흙더미가 되었다

상강 霜降

○
○

아무리 도망쳐도 너의 수염은 희어졌다

아침에 창밖의 녹나무는 또다른 빛을 반사하고

그 위에 앉은 참새는 너와 나와 같은 크기의 심장을 지
녔다

나의 입술은 떨면서 한 문장을 끝내려 했지만 헛수고
였다

멀리 보이는 너는 풀씨 한 알만큼 작아졌다

그래서 나는 심장이란 황무지를 다시 일궈야 한다

우리는 허망하게 잃어버렸다,

그 많은 좋은 시절, 그 많은 꽃피는 새벽을

이 중년을, 얼마나 오래 준비해야

너를 맞이할 수 있을까

지금 이 순간 너는 어지럽게

흩날리는 눈발을 지켜보고 있겠지

담뱃재는 쉴새없이 떨어지고

가볍게 떨리는 공기 속에서

너는 예감했을 거야

먼 곳의 사물이 누렇게 시드는 까닭을

후룬베이얼*

○
○

풀과 지는 해는
이 세상 모든 것을 당신에게 맡긴다
그 심오함은 평탄한 곳의 숨김에 있으며
그런 숨김은 네가 스스로를 털어놓고 싶게 만든다

무엇이든 자루에 넣어 휴대할 수 있다:
소, 양, 게르, 마두금
이것들을 바라고 온 사람들
이것 때문에 떠나간 영혼들
물론 대지만 제외하고

이 광활함이 순간 울컥하게 한다
의심하고 울부짖으며 자신을
갈기갈기 찢어버릴지도 모른다
심지어 풀 한 포기의 반짝임에도

---

* 중국에서 가장 잘 보존된 최대 면적의 초원.

오는 것과 가는 것의 계시가 담겨 있다

이 광활함이 삼켜버린 것은 더욱 큰 광활함이니
슬픔 같은 건 말하지 말라
누군가 말을 타고 달려와서
당신의 눈을 가리고 납치해 가지 않는 한

짙푸름

○
○

이 가을처럼
우린 조금 더 멀리 갈 수 있다
이 호수보다
조금 더 깊어질 수도 있다
그러면 너는 조금 더 천천히 늙을 수 있다

세상의 모든 가엾은 사물들은
넓고 푸른 하늘 아래
한 번쯤 너의 눈빛에 어루만져진다

바람이 분다

○
○

지는 해에 나팔꽃은 모두 닫혔다
별하늘의 파란 주름도 함께
검붉은 마음은 으슥하고 아프지만 깨어 있다
큰 소리로 불러본다, 이족異族 언어로
바람결의 속삭임들은, 모두 그가 사랑했던 것들
천천히 기어오르는 달팽이를 들어올려
또렷한 길을 안내해준다

"오, 우린 모두 이 빛을 좋아해
비록 잠깐이지만
그래도 너는 여전히 너야
부르기만 해도 떨리는 이름"

흔들림

○
○

한장강을 떠올리면
수면 위로 바람이 불어온다
배는 늘 기슭에 정박한 채, 오랫동안 바람만 흘렀다
더이상 한커우*로 내려가지 않고 잉우저우** 주변의
더 큰 배의 기적소리를 실어오지 않았다

몇 년 전 강 건너편에 살던 남자가 떠오른다
나는 나룻배를 타고 그를 보러 갔었다
뱃머리가 가르는 물살에 강물의 방향을 잃고 말았다
그때 나의 가는 허리와 헐렁한 치마는
거센 강바람을 누를 수가 없었다

나중에, 강 위로 다리가 세워졌지만
다시 그를 보러 가진 않았다
다리에는 사람들이 늘 분주히 오간다

---

* 후베이성 우한시의 옛 도시 이름으로, 장강 북안에 위치한다.
** 우한의 장강에 형성된 모래섬.

분명한 것은 사람들이 다리 중간쯤 걸어갈 때
마음이 조금씩 흔들린다는 것

금주사

○
○

술을 안 마신 지 오래됐다
그의 앞에서 취한 이후로 술을 멀리했다
오늘 오후 햇살이 내 발을 비추니
다시 술 생각, 술 마시던 날들이 떠오른다

희박한 허공에 걸쭉한 허공으로 화답하며
긴 침묵에 수다스러운 말로 응답하며
기울어진 몸을 춤으로 세우고
진실을 거짓으로 가리던 날
그토록 슬프고도 아름다운 시간들
이제 더이상 술은 마시지 않는다

삶에 대한 어색함은 말을 더욱 더듬게 하고
어떤 물줄기도 내 몸의 밧줄을 풀지 못한다
널 사랑한 대가로 나는
우아한 가짜 인간으로 몸을 웅크린다
'사랑해'라는 몇 자의 취중 실언은

반생을 땅 치고 후회해도 모자라다

그대와 이렇게 살고 싶어

○
○

괜찮다면 외딴 마을로 가요
저한테 오셔도 되고요
나는 그대와 함께 해바라기와 장미를 심고
그대와 함께 지는 해와 가을바람에 감싸이고 싶어요

그대는 그대 방에서 지구본을 돌리며 바다와 산맥을
살피고
그대는 그대 방에서 혼잣말을 하면서
푸르스름한 숨을 내쉬곤 하겠지요
가끔 그대가 거쳐왔던 미모의 여인들을 그리워하겠지
요

나는 베란다에서 그대를 기다리며 술을 데우겠지요
빨랫줄에 걸린 우리 옷가지들이 바람에 날리고 있겠지
요
그것들은 값싸고 부드러워요
베란다의 화초가 바람에 흔들리니

그것들도 취기가 있나봅니다

가끔, 그대가 이 담백한 세월에 지겨움을 느끼면
여행을 떠나세요
여기서 기다릴게요
산전수전 다 겪고 천천히 돌아와요

어느 밤, 그대의 손을 잡고 잠들겠어요
아직도 내가 떨거나 울고 있다면
믿으세요, 나는 단지 이런 행복을
꿈속에서 복창하는 것뿐이니까

가장 가까운 빗소리

○
○

오래전부터 당신에게 편지를 쓰고 싶었어요
오른손으로 왼손을 눌러
단정한 글씨를 쓰고 싶었어요
속세에 물들지 않은 순수한 소년처럼요
이제 나는 늙었지만, 당신은 여전히 왕성합니다
당신의 얼굴과 몸은 모두 광채로 빛나고 있어요

나의 노쇠함은 시간과 무관하지만
난 분명히 늙었어요
더이상 가망이 없습니다
비 내리는 밤에
당신에게 편지를 씁니다

막 당신의 이름을 적는 순간
바람이 불어와 종이가 파르르 떨렸어요
나도 떨고 있습니다
비가 창살을 때리네요

하늘에서 추락하는 이 물건은
부서지기까지 1초도 채 안 걸리네요

다시 당신에게

○
○

사랑할 겨를도 없이 작별을 고하게 되었네요
내가 만난 그 많은 사람처럼
마을에는 야생감이 주렁주렁 매달려
눈 내릴 때 하나둘 떨어집니다
괴로움은 깊은 우물처럼 달을 비추고
내가 만난 그 많은 아픔들처럼
우물에는 이끼가 가득 끼어
기어오를 때마다 떨어지고 또 떨어집니다
이 얄팍한 인생은
퇴고의 정을 견디지 못하는 듯
당신은 여전히 취하고 또 취하고
날이 여전히 밝아오고 또 밝아오네요
사랑할 겨를도 없이 이렇게 작별을 고합니다
이미 만신창이가 된 몸에는 어떤 예리한 칼도 더이상
새로운 흉터를 남길 수 없다는 게 가슴 아프지만

휘청거리는 세상

_위슈화

나는 항상 믿었다. 한 사람이 천지 사이에서 어떤 일들
과 밀접한 연관을 맺고, 그 연관이 깊은 애착으로 이어지
며, 저버릴 수 없는 숙명으로 굳어진다는 것을. 예컨대,
나는 시 안에서 사랑하고, 아파하고, 추구하고, 기뻐한
다. 물론 수많은 절망도 있었다. 내 삶의 모든 정서가 시
로 인해 연결되었고, 시 이상으로 나를 헌신하게 하는 일
은 없었다. 버텨냄, 고마움, 기대…… 시가 내 생명에 들
어와 나를 드러내고 나를 가릴 수 있음에 깊이 감사한 마
음이다.

정말 그랬다. 처음 글로 나를 표현하고 싶을 때, 나는
시를 택했다. 나는 뇌성마비를 앓아서 한 글자를 써내기
위해서는 커다란 노력이 필요했다. 최대한 힘을 써서 몸의
균형을 잡고 오른손으로 왼손을 눌러 써야 비뚤바뚤 글
씨가 완성된다. 모든 문체에서 시는 글자 수가 가장 적기

때문에 내가 시를 선택한 것은 자연스러운 일이다.

그때 행으로 구분 지은 내 문자들은 시라고 할 수 없었다. 그것은 단지 내가 좋아하는 문자들의 집합이었다. 삐뚤빠뚤한 글자가 한 권 분량을 채웠을 때, 나는 너무 행복했다. 일기장의 시를 선생님에게 보여드렸을 때 그분의 답장은 이랬다. "정말 사랑스러워요. 생활 속의 사소한 것들을 시로 녹여내다니요!" 그분의 짧은 몇 마디가 큰 감동을 주었고 사랑스럽다는 칭찬을 들은 걸로 충분했다. 이런 사랑스러움이 평생 나를 따라다닐 거라고 확신했고 실제로도 그렇게 되었다.

나로 말하자면, 나는 시를 쓸 때만큼은 온전하고 조용하고 행복했다. 사실 나는 조용한 사람이 아니었다. 조용하게 사는 운명이 달갑지 않았고 닥쳐오는 역경을 고분고분하게 받아들이지 않았다. 내 모든 저항은 수포로 돌아갔다. 거리에서 고래고래 욕을 해대는 막돼먹은 여자였다. 물론 나는 일개 농사꾼이어서 거친 근성에서 완전히 벗어나지 못한다. 하지만 시가 무기가 될 수 있다고는 전혀 생각지 못했다. 알았다고 해도, 나는 사용하지 않았을 것이다. 왜냐하면 너무 사랑해서 아깝기 때문이다. 비록 내가 이 사회에 오염되어 티끌만치 깨끗한 구석이 없다 하더라도 시로 되돌아가면 나는 깨끗해졌다. 시는 줄곧 나를 청소해주고 연민으로 어루만져주었다.

시를 쓸 때, 나는 무엇을 어떻게 써야 할지 전혀 생각한 적이 없다. 개인의 삶에 급급할 때, 나는 나라와 인류에 대해서는 관심이 없다. 언젠가 그런 내용을 썼다면 분명 그것들이 나를 감동시켰거나 따뜻하게 해주었거나 정말 슬프게 하고 걱정하게 했기 때문이다. 한 사람이 잘살고 있다면 사회 자체가 바람직한 것. 그 반대의 경우도 마찬가지다. 장애가 뚜렷한 나로서 나에 대한 사회의 관용은 곧 사회의 건전도를 반영한다. 그래서 열심히 살기만 하면 내 시에 열심히 산 광택이 날 거라고 생각했다.

예컨대 이 밤, 시끄러운 PC방에서 시 관련 글을 쓰고 있지만 아무도 내 안의 즐거움과 고요함을 모른다. 후배 이성 체육대회 훈련팀원(나는 장기선수다) 중 내가 가장 과묵한 편이다. 나는 말로 표현할 일이 크게 없다. 혼자 하늘 구경을 하는 게 더 좋았다. 이 나이까지 살면서 내뱉은 말이 너무 많았다. 그런데 시는 항상 곁에 있어주고, 내가 원하면 거절하지 않았다.

시란 무엇일까? 내겐 알 수도 없고 말할 수도 없는 존재다. 다만 감정이 북받쳐오르거나 가라앉음이고, 마음이 부르짖을 때 벌거숭이의 모습으로 다가오는 것이고, 혼자 비틀비틀 흔들리는 세상을 걸을 때 의지하는 지팡이일 뿐이다.

이 시집을 처음 읽었을 때 나는 큰 충격을 받았다.

그동안 너무 많은 '온아우미'와 '무병신음'의 시들만 읽었던 걸까. 강렬한 따귀 두 대를 얻어맞은 듯 감각이 통렬하게 깨어나는 느낌을 받았다. 시인의 언어 속에 깃든 삶의 본질에 대한 성찰, 신체의 한계에 대한 통탄과 체념, 동시에 그 안에 감도는 시성詩性과 사랑에 대한 뜨거운 갈망의 시어들에 마음이 깊이 흔들렸다. 시를 이렇게 쓸 수도 있구나. 어쩌면 시가 지녀야 할 본모습인지도 모른다는 생각이 들었다.

바로 몇 편의 시를 번역해보았다. 평소에 시를 번역하는 취미가 있었다. 종종 김춘수, 김남조, 문정희, 허연, 나희덕 등 시인의 시를 중문으로 번역하여 위챗에 공유하면 중국 출판인들의 많은 하트를 받았다. 한국 시가 이렇게나 아름답다니요. 한국 시선을 기획해보라는 중국 출판사의 요청도 받았다. 김용택 시인의 동시집을 번역했고 중국에서의 출간을 기다리고 있다. 그러나 이번에는 중국 시집을 한국어로 옮기는 일이었다. 한국어로 출간된 중국 현대시는 너무 적어서 모르는 사람이 더 많을 정도였다. 나왔다고 해도 흔적 없이 사라지곤 했다.

저작권 중개와 번역을 동시에 맡은 두번째 책이다. 작품 소개를 위해 20편을 샘플로 번역해서 보여드렸더니 바로 저작권 계약을 하신 교유서가 출판사 신정민 대표님께서 이 시집에 대해 제일 많이 알고 있는 내가 번역까지 맡는 게 좋겠다고 하셨다. 얼떨결에 번역 계약까지 날인하고 나니 어깨가 천근만근 무거웠다. 작품에 누가 되진 않을까. 그러나 해보기로 했다.

시 독해와 번역은 정답이 없다. 이런 혼돈과 불확실성을 편안하게 받아들이는 자가 번역의 세계에서 살아남는다고 들었다. 나는 시 애호가이지만 나의 언어는 가끔 깨져 있고 혼돈스럽다. 어떤 모임에서 알게 된 언니와 시에 대해 종종 토론했다. 유명한 시인의 아내인 그녀가 나에게 용기를 주었다. 맞춤법, 틀린 철자 이런 것에 연연하지 않아도 돼, 언어 파괴 같은 것도 시에선 괜찮아. 아름다운 것을 볼 수 있는 눈과 감탄할 수 있는 감성을 시어로 배치할 수 있는 능력이면 되지 않을까. 시쓰기는 세상을 사랑스럽게 바라보는 일. 넌 그게 되잖아.

처음에 시를 번역하면서 느낀 점은 '차라리 내가 시를 쓰고 말겠어'였다. 마라톤 풀코스보다 힘들고 탱고 레슨보다 어려운, 내가 한 일 중 가장 지난한 작업이었다. 저자와 소통도 할 수 없었다. 번역 도중 스무 가지 질문을 보내며 중국 편집자와 소통하였으나 그의 대답은 이랬다.

저자의 상황상 이 시를 왜 이렇게 썼는지, 이 글자의 뜻은 이게 맞는지, 행은 왜 여기서 바꾸었는지 등을 물어볼 수는 없다는 것. 모두 시인의 주관적 생각이고 논리나 병패, 타당성 여부를 따지는 건 시에 대한, 시인에 대한 결례일지도 모른다면서 중국 편집부도 원고의 글자 한 자 안 고치고 그대로 수록했다고 했다. 결국 나는 "하나의 진리만을 강요"하는 기성 문단에서의 가부장적 언어 사용법을 떠나 "시는 정답에 저항하는 장르"라는 마음가짐으로 번역에 임했다.

때는 마침 3년째 마라톤과 탱고라는, 육상과 사교댄스 중 제법 난도가 높은 영역을 누비던 시절이었다. 이 두 가지 극한의 운동을 하면서 나는 뜻밖에 나의 시어들을 만났다. 늘 머릿속으로 아름다운 낱말들을 떠올렸고 그것들을 이리저리 대충 조합해보니 시라는 형식에 가까워져 있었다. 건강과 감성과 철학을 동시에 잡았던 시기에 '시'라는 수확은 매우 컸다. 달리거나 춤을 추고 나서 고요한 심야에 번역하면 더 깊이 시에 도달할 수가 있었다. 헐떡거림, 뻐근함, 통증, 고독, 응시, 무거움, 극한, 자유, 명상, 회복, 평정, 열정, 울림, 감응, 공감, 고요, 감동, 충만……운동을 하면서 떠올린 낱말들은 나를 시인과 가장 가까운 자리에 데려다놓았다.

일면식도 없는 시인의 시를 나의 언어로 해석했다. 내 인생 경험을 통틀어. 너무 직역을 해도 안 되고 너무 풀어도 안 된다. 나를 너무 없앨 수도, 너무 키울 수도 없는 중간쯤에서 나는 숨을 깊게 들이마시고 천천히 내뱉으며 마라톤에서의 심호흡과 힘 조절을 계속했다. 버리고 채우고 보태고 식히고 덥히고 세게 꾸짖고 살살 달래고 막았다가 열어젖히고. 끊임없는 취사선택, 배열, 조합, 가지치기, 논리 세우기, 스스로 납득되기, 음미하기, 소리 내어 읽어보기, 감동 주고 받기, 안도하기, 미소 짓기…… 이게 시 번역의 과정이었다.

시를 하나 딱 펼쳤을 때 한 번 읽어보고 번역 문구가 당장 떠오르지 않을 때가 있다. 바로 거기서 어떤 강한 도전욕과 탐구욕이 생겨난다. 어려워서 재미있다는 말이다. 시구들에 포위되어 옴짝달싹 못하는 걸 좋아한다. 마치 지혜의 노인과 바둑 두는 소년처럼. 노인은 길을 알고 있다. 하지만 나를 기다려준다. 시 번역은 창작의 영역이라 정답은 없다고 지혜의 노인은 말한다. 나는 노인의 가르침 없이 길을 헤쳐나가야 한다. 내가 갖고 있는 지식과 지혜와 영혼을 다해 출구를 찾아나가는 과정이었다. 그 과정은 험난했지만 희열로 가득했다. 시인을 만난 적 없지만 누구보다도 마음의 부자, 감성의 부자인 시인을 나는 사랑하고 있었고, 시인과 내가 합치되는 교집합의 세상을 뜨겁게 사랑했다. 출구를 열어나가는 열쇠, 시어들을 떠올릴 때마다 큰 깨달음을 얻은 소년은 환호했다.

맞아, 바로 그거야!

위슈화의 시는 사랑, 가족, 농촌, 삶의 버거움, 인생의 본질 등을 주제로 하고 있다. 크게 나누면 두 가지 주제를 집중적으로 썼다. 즉 사랑에 대한 갈망과 아픔에 대한 자각이다. 평생 사랑시와 아픈 시만 썼다고 해도 과언이 아니다.

위슈화의 사랑시는 그녀의 전체 시 세계의 중심이라 할 수 있다. 그것은 단순한 '사랑'의 노래가 아니라, 여성적 자아의 의식이 드러나는 장場이자 존재의 근원적 물음이 터져나오는 공간이다. 사회적 약자의 위치에서, 불편한 몸으로 살아온 한 여성이 어떻게 사랑하고 욕망하고 상처 받는지를 통해, 그녀는 '사랑'이라는 감정의 경계를 넘어 존재 그 자체의 의미를 묻는다.

그녀의 시 속 '나'는 다중적이다.

「거울과 마주치다」에서는 스스로를 "바보" 혹은 "환자" 라 부르며 자존감과 수치심 사이를 떠돈다. 몸의 제약이 오히려 자신의 내면을 비추는 거울이 된다.

「내가 원하는 사랑은」에서는 "나는 내 몸안의 녹슨 얼룩을 사랑해/ 당신보다 더"라고 말하며, 타인의 시선을 거부하고 자기 몸을 사랑하는 자존의 선언을 드러낸다.

「마주 보며」에서는 연인의 목마름을 위해 자신의 젊은 피를 바치는 헌신적 사랑의 광기를 보여준다.

그러나 「들판에서 장작을 줍다가」에서는 "세상사를 버리고 나니/ 뼈마디가 투명해진 듯하"다고 선언하며, 사랑의 혼탁을 벗어나 고독 속에서 다시 태어나는 여성을 그린다.

「전율」에서는 사랑이 "차가운 불꽃"처럼 상처를 비추고 사라지며, 사랑과 고통의 공존을 형상화한다.

「중년」에서는 "옛 시절로 돌아간다면,/ 나는 분명 사랑했던 사람을 다시 사랑할 거야/ 아팠던 것을 다시 한번 아파할 거야"라고 고백하며, 사랑의 비극조차 존재의 증거로 받아들이는 운명적 체념 속의 강인함을 보여준다.

결국 위슈화의 사랑시는 사랑의 서정이 아니라 존재의 실험이며, 여성적 자아의 불타는 독백이다.

그녀에게 사랑은 단순한 감정이 아니라, 존재·진리·죽음으로 이어지는 본질적 탐구의 통로이다.

그녀의 시 안에서 사랑은 욕망의 불꽃이자 고통의 그림자이며, 그 사이에서 그녀는 여성으로서, 인간으로서 다시 태어난다.

또한 위슈화의 시는 아프다.

온몸에 통증이 들락거리는 그녀는 하루도 안 아픈 부위, 안 아픈 날이 없는 시인이다. 이토록 아픈 시를 읽어본 적이 없었고 이렇게 번역하며 아파해본 적이 없었다. 뇌성마비 장애로 자신의 이름 석 자를 온전히 쓰는 일도 극도로 어렵다. 「가장 가까운 빗소리」에서 "오래전부터 당신에게 편지를 쓰고 싶었어요/ 오른손으로 왼손을 눌러/ 단정한 글씨를 쓰고 싶었어요"라고 고백한다. 또한 「막수거리」에서는 "손목의 칼자국을 달빛이 비추니 더욱 아파오고"라는 구절에서 자해한 상처가 남은 손목을 언급하기도 했다. 시집의 제목과 동일한 시가 본문에 수록되어 있지 않아 의아했지만 저자의 인터뷰에 설명이 나와 있었다. 시집의 제목이 『왼손에 떨어진 달빛』인 이유는 바로 왼손으로 시를 쓰기 때문이라고.

그녀는 시 속에서 병든 자신을 다양하게 묘사했다. 진피 한 조각, 조마조마한 피 한 포기, 밑 빠진 배, 나무통, 타다 남은 자투리 양초, 찌그러진 타이어, 까마귀, 불씨를 발밑에 숨겨둔 방화범, 낮고 가녀린 띠풀, 열차가 달리는 몸, 주정뱅이, 거지, 광대, 황량한 사막, 두꺼비, 휘청거리는 인간, 매달린 바위, 까만 귤, 나뭇가지에 매달린 병든 열매…… 그 시들을 일일이 열거하진 않겠다.

이런 자기 고백도 있다.

"우울은 얼마나 고귀한 물건인가, 촌사람들에게는 어울리지 않았다"(「장춘란」 부분)

번역은 열 번 넘게 수정을 거쳤다. 아래는 시를 번역할 때 고민이 많았던 부분들이다.

일인칭

나, 너, 그녀, 여인, 토끼, 언니 등 다양한 호칭으로 불린다. 어떤 부분은 "너"와 "나"가 하나다. 내가 수많은 나를 보고 대화하는 장면들도 있다.

이인칭

시집에서 중국어의 이인칭은 '你' 한 가지지만 한국어의 이인칭은 너, 당신, 그대 세 가지로 등장한다. 시인은 사랑하는 사람을 대함에 있어서 다중적이고 변화무쌍한

태도를 보였다. 감정의 거리, 시적 온도, 화자의 태도에 따라 완전히 다른 결을 가지고 있었기에 한국어의 이인칭을 통일할 수가 없었다. 직설적인 감정, 날것의 관계를 담은 시에서는 너로, 거리감, 존중, 존경의 의미를 담을 때는 당신으로 썼다.

어투와 문체

가장 어려운 부분이어서 고민에 고민을 거듭했다. 가부장적인 농촌에서 순종적인 여성의 언어를 쓸 것인지, 저항적인 언어를 쓸 것인지. 시인은 가끔은 평온하고 순종적이고 전통적인 여성이었고, 가끔은 날카롭고 사납고 저돌적이고 시인의 말대로 "악다구니를 쓰는" 막돼먹은 여자로 등장했다. 수정할 때마다 나는 그녀의 관점에서 그녀가 사랑했던 것들을 다시 사랑하고 그녀가 아파했던 것들을 다시 아파하며 그녀가 세상에 퍼붓는 저주까지 포근하게 감싸려고 노력했다.

색채의 향연

번역하면서 인상이 강하게 남았던 다른 하나의 특징은 장예모의 영화 같은 강한 색채감이었다. 사방이 밀밭인 중국 내륙의 평원 마을에서 자란 시인은 늘 푸른 하늘, 하얀 구름, 노란 밀밭, 붉은 치마, 초록 나무, 검은 밤하늘에 둘러싸여 있다. 그중 하얀색 사물들이 유독 많이 등장한다. 하얀 봄 셔츠, 하얀 눈, 하얀 달빛, 하얀 원망, 하얀 토끼,

하얀 마음, 하얀 서리, 하얀 구름, 하얀 뼈, 하얀 등갓, 하얀 불면증. 시인의 하얀색에는 순수, 결백, 원한, 증오, 저주, 모든 강렬한 감정이 다 실려 있다. 감정적 뉘앙스와 시적 결에 따라 "하얗다"와 "희다"로 다르게 녹여냈다. 노벨 문학상 수상 작가 한강의 『흰』의 시 버전을 보는 듯.

나처럼 건강한 사람이, 특히 『아프지 않은 몸은 50대부터』라는 건강 계발서를 쓰고 있는 사람이 이토록 아픈 책을 번역하고 있었다는 것은 아이러니하다. 감히 시인의 통증을 세세히 느낄 수 있다고 장담할 순 없지만 나의 번역은 한 사람의 몸이 다른 사람의 고통을 온전히 끌어안는 치유의 의식이라고 해도 과언이 아니었다. 건강한 몸이란 통증이 없는 몸이 아니라, 타인의 고통까지 오롯이 받아낼 수 있는 몸이라는 것을 깊이 깨달았다.

마지막으로 이 시집의 한국어 출간을 허락한 중국의 신경전출판사와 위슈화 시인, 그리고 편집과 출간에 힘써주신 교유서가 신정민 대표님과 번역문을 꼼꼼히 살펴봐주시고 좋은 감수 의견을 주신 이원주 에디터님께 깊은 감사의 말씀을 전한다. 좋은 출판사, 좋은 편집자와 함께 좋은 번역시집의 출간을 고민하는 과정은 무척 값졌다.

이 한국어 번역본을 통해, 한국 독자들에게 시인의 목소리—아픔을 동반한 빛나는 목소리—가 진실하게 전달되고, 마음 깊은 곳에 오래 남기를 바란다. 그리고 우리가 타인을 바라보는 시선을 한층 더 따뜻하게 만드는 계기가 되길 바란다. 달빛이 왼손에 내려앉는 그 미세한 떨림이,

더 많은 이들에게 기억되기를 소망한다.

2026년 1월 15일

서울 자택에서

한율

왼손에 떨어진 달빛

月 光 落 在 左 手 上

초판 1쇄 인쇄 2026년 4월 10일
초판 1쇄 발행 2026년 4월 20일

지은이 위슈화
옮긴이 한율

편집 이원주 이희연 이고호 | 디자인 이현정 | 마케팅 김다정 박재원
브랜딩 함유지 이송이 박민재 김하연 신은서 이준희
미디어콘텐츠 함근아 김은솔 박다솔
저작권 박지영 형소진 주은수 오서영 조경은
제작 강신은 김동욱 이순호 | 제작처 한영문화사

펴낸곳 (주)교유당 | 펴낸이 신정민
출판등록 2019년 5월 24일 제406-2019-000052호

주소 10881 경기도 파주시 회동길 210
문의전화 031.955.8891(마케팅) | 031.955.2680(편집) | 031.955.8855(팩스)
전자우편 gyoyudang@munhak.com

홈페이지 www.gyoyudang.com
인스타그램 @gyoyu_books | 트위터 @gyoyu_book | 페이스북 @gyoyubooks

ISBN 979-11-24128-55-8 03820